운김은 이미 현재화를 서울에서 있다가

당신은
이미
완벽한
사람입니다

———— 지범 지음

———— 오래 앉고
오래 걸으면서
툭
깨쳐나온
선사의
문장들

불광출판사

"지범 수좌! 선원을 짓거라!"

나는 비교적 불교를 일찍 만났고, 어머님의 불심이 깊었다.

내가 태어난 고창 심원은 서해안 바닷가 근처에 있었다. 초등학교 등하굣길에 멀리는 변산반도를 바라보며 걸었고, 가까이는 선운사 뒷산인 경수봉을 벗 삼아 꿈을 그리며 어린 시절을 보냈다.

방과 후면 혼자 소를 몰고 뒷동산에 올라, 석양 노을이 내리는 서해 바다를 바라보는 것이 일상이었다. 노을 속에 사라지는 돛단배를 보면서, '어디로 갔을까? 어디로 떠나갔을까?' 사색에 잠겨 슬픔에 젖어 우는 날이 많았다. 땅거미가 내리는 마을로 소를 몰고 내려올 때면, 앞산 암자에서 들려오는 저녁 종소리가 나를 더욱 슬프게 하는 날들이 점점 늘어갔다.

고등학교 3학년 때 많은 방황을 했다. 그때 찾은 곳이 고향 근처 암자이다. 암자의 노스님께선 당시 선지식인 우화, 전강, 구산, 서옹, 경봉, 성철 선사 이야기를 들려주시면서, 당신은 나주 다보사 우화 선사를 가장 존경한다며 많은 일화를 말씀해주셨다. 나는 두 달 가까이 암자에서 지내다가 하산했다.

그렇게 불교와의 인연이 시작되었다. 서울에 살던 1978년 초겨울, 드디어 나주 다보사로 출가의 길을 떠났다. 광주에서 우연히 은사 정진 스님을 만났고, 우여곡절의 행자 생활을 마친 후 범어사에서 1979년 7월 15일 사미계를 받았다.

계를 받은 그 해 겨울 변산 월명암 선원을 시작으로, 도봉산 망월사, 봉암사, 해인사, 쌍계사, 칠불사, 극락선원, 통도사 보광전 등 전국의 제방선원에서 20여 년을 보냈다. 특히 대자암 무문관, 백담사 무문관, 진귀암 무문관 등에서도 3년을 치열하게 몸을 던졌다. 그리고 1981년 봉암사 100일 용맹정진과 1990년 고운사 100일 용맹정진은 내 수행의 절정이 아니었나 생각이 든다.

뜻만 가지고 살 수 없는 것이 삶이다. 평생 좌복에 앉아 선방 수좌로 살고 싶었지만, 나의 수행 여정에 큰 변수가 생겼다. 2000년 신흥사 향성선원에서 하안거(夏安居) 정진 중, 서울에서 대중포교에 진력하시던 은사스님께서 과로로 돌아가셨다는 비보를 접했다. 결국 생각지도 않았던 서울 상도동 보문사 주지를 맡게 되었다. 그때가 2001년 3월 초봄이다.

산중에서 수좌로만 살았던 나는 전혀 준비되지 않은 주지 소임이 늘 힘들고 어려웠다. 어디론가 도망치고 싶었다. 쓰러져 사경을 여러 번 헤매기도 했고, 다시 산중 선방으로 돌아가지 않으면 살 길이 없는 듯했다. 보문사 신도분들의 신심과 이해로

안거 철에는 선방에서 정진을 했고, 해제가 되면 주지 소임을 살았다.

2017년 동안거 때 통도사 보광전에서 살면서, 여선에 내가 절에 와서 보고 듣고 느낀 수행의 삶을 적어내려갔다. 그리고 이 듬해 봄, 첫 책『선원일기』를 출간했다. 이 책은 예상 외로 많은 스님들과 불자님들의 사랑을 받았고, 나의 삶까지 바꾸어놓았다. 일간지와 방송 인터뷰 요청이 쇄도했고, 동국대를 비롯한 여러 곳에서 법문 요청이 들어왔다. 특히 BBS불교방송 라디오 '무명을 밝히고-지대방 산책'에 고정 출연하게 되어 6년째 방송하고 있다.

2019년 화엄사 선등선원에서 동안거를 나던 중, 오랜 세월 가슴에만 묻어두었던 발원이 불현듯 터져나왔다.

"서울 상도동 보문사에 사부대중 선원을 지어 대중을 시봉하고 싶습니다!"

기도를 시작했다. 조석으로 500배 절을 하면서 선원불사를 다짐하고 또 새겼다. 그러던 어느 날 부처님께서 "지범 수좌! 선원을 짓거라!"라는 확연한 메시지를 주셨기에 나는 확신이 섰다.

3년 기도와 준비 끝에 코로나 펜데믹 와중에도 2022년 10월 2일, 드디어 보문선원 낙성법회를 회향하고 첫 동안거에 들어갔다. 그 후 계묘년 안거를 여법히 회향하고, 지금은 갑진년 '봄산철 안거' 중이다.

보문사 보문선원은 서울에서 유일무이한 '선사 대중선원'과

'재가자 시민선원'이 함께 있는 선방도량이다. 참 어렵게 여기까지 왔지만 보문사 보문선원은 이제부터가 시작이다.

이 봄에 다시 두 번째 책을 낸다. 평소 글을 쓰고 읽기를 좋아한다. 그러나 늘 부족하고 어눌하다. 나이가 들다 보니 창피함도 부끄러움도 모르는 불출이 되었다. 책 속의 글들은 반세기 가까이 이어지는 내 수행의 여정에서 보고 듣고 느낀 바를 있는 그대로 표현한 나의 마음이며 진심이다. 이 글을 통해서 조금이나마 마음이 편안해지고 청량해졌으면 하는 발원이다.

끝으로 두 번째 책을 낼 수 있게 나를 응원하고 도움을 주신 보문사 보문선원 사부대중과 무산, 무여, 세민, 영진, 일수, 정묵, 수불, 지혜, 원소, 심우 큰스님, 문광 스님, 우송 스님, 정명 스님 그리고 이창수 거사님 부부, 원법행 보살님, 우담 거사님 부부, 최옥림 보살님, 일여 보살님 등과 보문사 후원의 삼총사 본심화·보덕심·묘각심 보살님, 그리고 불광출판사 관계자, BBS불교방송 지대방 산책 청취자 여러분과 불교방송 최윤희 PD님께 진심으로 감사의 인사를 올린다.

자성(自性)이 진불(眞佛)입니다.
여러분이 진짜 부처입니다.
여러분을 존경하고 사랑합니다.
당신은 이미 완벽한 사람입니다.

2024년 5월 국사봉 산방에서
지범 합장

차례

1 장

갈수록
중노릇 힘들다

출가 수행자의
_____ 숙명

고향 산천을 떠나 입산 출가한 지도 어느덧 40년을 지나 반세기가 지척이다. 바로 엊그제 일 같은데, 20대 초반의 젊은이가 60대 후반의 노장이 되었으니 세월의 무상함에 눈시울이 붉어진다.

옛 스님께서는 "출가는 떠남이 아니라 돌아옴이고, 잊혔던 본래의 나로 돌아가는 길이며, 침묵과 고요의 바다로 들어감"이라 말씀하셨다. 또한 "출가는 안정과 편안함의 타성의 삶을 벗어나 충만한 삶에 이르는 영원한 길"이라고 강조하셨다.

그렇지만 내게 출가는 아직까지 고행이나 고통으로 다가온다. 모든 욕망과 인연으로부터의 떠남은 결코 쉽지 않았으며 지금도 중노릇이 어렵고 힘들다.

출가인에게는 누구나 생가지를 찢는 듯한 아픔과 고뇌가 뒤따른다. 그 고통은 출가 수행자의 숙명이고 운명이다. 하지만 이 경계를 공(空)으로 돌리고 화두가 성성적적(惺惺寂寂)해질 때 출가의 본래 의미가 되살아난다.

기왕
_____ 출가했으면…

나는 1978년 초겨울에 출가했다. 출가 후 행자생활을 거쳐 범어사 덕명 스님을 계사로 사미계를 받은 후, 제방선원에 다니다가 고향 근처 암자에서 가을을 보낸 적이 있었다.

당시에 어머니가 나의 거처를 어렵사리 수소문해 찾아오셨다. 그때 어머니가 젖은 눈으로 나를 바라보며 하신 말씀이 아직도 예리한 비수가 되어 죽비소리로 다가온다. 어머니는 돈 3만 원을 주머니에 넣어주시며 간곡한 부탁의 말씀을 하셨다.

"기왕 출가했으면 집 생각 말고, 서산 스님 같은 큰 도인이 되어 불쌍한 에미를 구제해다오."

그 날 이후로 어머니를 뵌 적이 없고, 지금은 그저 위패로만 만나고 있다. 어머니를 향한 그리움은 아직도 내 가슴을 아리고 시리게 한다. 나는 적적한 수행길에서 방황과 번민으로 흔들리고 죽을 고비도 수없이 많았다. 그 어려움을 이겨내며 지금 이렇게 서 있는 것은 어머니의 죽비소리가 늘 나를 깨우치기에 가능하지 않았나 싶다.

벌써 내 삶도 서산으로 지고 있고 미래는 예단하기 어렵다. 나에게 서원과 꿈이 있다면, 금생에 일대사(一大事)를 꼭 해결하는 것이다.

외로움은
나의 힘

나는 어린 시절부터 혼자 있는 날이 많았고, 또 혼자 있는 걸 좋아하기도 했다. 출가 전에는 약간은 외로운 듯 쓸쓸한 모습으로 걸어가는 탁발승을 보며 남몰래 흠모하기도 했다.

고등학교 3학년 때 불교와 인연을 맺게 된 석상암에서도 홀로 있을 때가 많았다. 행자 시절 곡성 서산사와 울진 수진사에서도 혼자 절을 지키는 날이 많았다. 그때는 너무 외롭고 허전해서 가끔 눈물을 흘리기도 했다. 백담사 무문관(無門關)과 갑사 대자암 무문관 시절에도 홀로 3년을 살았다. 그렇게 고독과 외로움은 나의 삶이자 벗이 되어 있었다.

경허 스님 일대기를 소설화한 『길 없는 길』로 유명한 최인호 작가가 어느 날 길상사에 찾아와 법정 스님께 외로움에 대해 물었다고 한다.

"어수룩한 물음입니다만, 스님도 외로움을 느낄 때가 있으신가요?"

법정 스님께서 답하셨다.

"그럼요, 사람은 때로 외로울 수 있어야 합니다. 외로움을 모르면 삶이 무디어져요. 하지만 외로움에 갇혀 있으면 침체되지요. 외로움은 옆구리로 스쳐 지나가는 마른 바람 같은 것이라고 할까요. 그런 바람을 쐬면 사람이 맑아집니다."

법정 스님 말씀에 절대적인 공감이 되고 크나큰 울림으로 다가온다.

이십 대 초반에 고향 떠나
머리에 서리 내린 늙은 몸으로
고향에 가니
아무도 알아보지 못하고,
시골 사투리는 예전 그대로 변함없으나
몸도 마음도 쉬어버렸네.

아이들은 신기한 듯
바라보지만 아무도 모르네.
어디서 온 스님이냐고 물으나
그냥 웃을 뿐,
서산에 해는 지고
동산에 달이 뜨네.

"지범 스님은
칠불사가 사람 만들었어"

나는 유독 지리산을 좋아해서 10년도 넘게 살았다. 젊은 날 쌍계사, 칠불사, 실상사, 백장암, 벽송사 등에서 지냈고 태안사에서도 2년 가까이 살았다. 성륜사에서는 겨울 한 철을 나기도 했다. 근년에는 화엄사 선등선원에서 겨울 두 철을 신심과 원력으로 살았다.

"지범 스님은 칠불사가 사람 만들었어."

가까운 도반들이 지금도 나를 만나면 하는 소리다. 틀린 말은 아니다. 칠불사에서의 3년은 거칠고 도전적인 나를 한 생각 쉬게 했다. 화두 공부에 대한 정견을 세울 수 있었고 깨달음에 대한 확신을 갖게 했다.

지리산을 떠올리면 추억과 그리움이 가득하다. 실상사 시절에는 무수한 별들을 거느린 새벽 달빛 아래 토굴가를 부르면서 도량석을 했다. 태안사에 살 때는 도반들과 눈보라를 맞으며, 어떤 날은 휘영청 밝은 달빛 아래 섬진강을 하염없이 걸었다. 멀리 곡성 압록까지 돌아오면 새벽 1시도 넘었다. 그때 함께 했던 석교·등월·성현·범일 스님의 모습도 눈앞에 그려진다.

쌍계사 시절, 봄 벚꽃이 만개하고 꾀꼬리 울면 국사암 뒷길 돌아 찻집에 들렀다. 그때 햇차 나누던 추억의 도반들, 상묵·지오·원초 스님 등은 지금 어디서 어떻게 지내고 있을까.

근년 화엄사 선등선원 시절에는 늘 새벽 방선 후 눈 덮인 대밭길을 지나 각황전에 들렀다. 차갑고 싸늘한 빈 법당에서 매일 1,000배의 절을 올리면서 보문선원 불사를 발원했다. 그 추억과 신심은 가슴에 아로새겨져 한 순간도 잊히지 않는다.

온 산을 밤낮으로 포행하던 시절

예로부터 우리나라에서 공부하기 제일 좋은 수행처로 북쪽에는 금강산 마하연, 남쪽에는 백암산 운문암을 양대 도량으로 꼽았다. 선사들이 가장 찬탄했던 운문암의 자랑은 도량 눈앞에 전개되는 풍광이다. 저 멀리 남쪽으로 호남의 명산 무등산이 들어오고 좌편으로 순천의 조계산과 화순의 모후산, 그 옆으로 광양의 백운산 바구리봉이 수묵화를 이어놓은 듯 첩첩이 펼쳐진다.

운문암과의 인연은 35년 전으로 거슬러 올라간다. 당시 일수 선사의 초청으로 서옹 노사를 모시고 여선에 벽암록을 배우면서, 주야장천 화두 일구로 몸을 던졌던 추억과 낭만이 서린 아름다운 도량이다. 그때는 교통편이 여의치 않아 대중공양과 쌀을 운반할 때 대중이 지게를 지고 십리 길을 걸었던 시절이다.

운문암 오르는 길은 아직도 눈에 선하다. 백양사 큰절을 벗어나면 비자나무 숲길이 이어지는데, 마치 꿈속을 거니는 듯하다. 어떤 날은 오묘한 비자 향기와 산 냄새, 꽃 향기, 산새 소리에

취해 갈 길을 놓쳐 밤늦게서야 암자에 올라간 적이 한두 번이 아니다.

그 시절엔 참 별나게 살았던 것 같다. 정진 시간이 끝나도 좌복을 벗어나지 않았다. 스님들이 차담도 하고 휴식을 취하는 지대방에도 가지 않고 대중과 동떨어져 살았다. 오직 화두 하나로 온 산을 밤낮으로 포행하던 그런 시절이었다. 다만 공부 중 의문이 생겼을 때, 서옹 노사를 친견하면 만사가 형통이었다.

눈 푸른 도반들과 생사고락을 함께한 운문암에서의 한 철은 내 수행의 여정에서 기상과 기개가 가장 충만하고 호방했던 시절이 아닌가 싶다.

큰 것이 작은 것을
수용한다

시들하고 지루한 삶을 산뜻하고 청정한 일상으로 새롭게 변화시키려면, 맑고 청량한 서원이 꼭 필요하다. 우리는 살아가며 이 바람 저 소리에 흔들리고, 수없이 많은 상처를 받으면서 투철한 생의 지표가 흔들리고 사라져간다.

20여 년 전 해남 대흥사 동국선원에서 겨울 안거를 보냈다. 당시 나는 서울에서 살며 생활 리듬이 깨져, 결국 방에서 쓰러지기에 이르렀다. 보름 동안 병원에 입원해 힘든 시간을 감내하고 있는데, 문득 산사의 선방을 가지 않으면 죽을 것 같은 생각이 들어 바로 대흥사 선원으로 달려갔다.

용상방(龍象榜, 선원에서 안거 결제 때 각자의 소임을 정하여 붙이는 방) 짜는 날, 대중스님들께 이번 한 철에 20킬로그램 감량하고 살아서 서울로 가겠다고 통보하였다.

대중과 함께 정진하면서 새벽 방선(放禪)을 하면, 한 철 내내 천불전에 들어가 아침공양 목탁소리 울릴 때까지 참회의 절을 올렸다. 공양은 한 숟가락 밥과 국으로 주린 배를 달래고, 일주문

까지 포행했다.

그리고 밤 9시 방선 후에는 3시간이나 걸리는 두륜산을 올랐다. 눈을 헤치거나 비바람을 맞으며 또는 달빛에 젖어 넘어지고 쓰러지면서 정상을 향해 걷고 걸었다.

두륜산 정상에서 바라본 해남과 진도 밤바다는 이따금씩 고깃배들이 수를 놓기도 하고, 날마다 또 다른 산수화와 풍광을 선물처럼 펼쳐보였다.

어떤 날은 눈 속에서 쓰러져 잠깐씩 의식을 놓치기도 했다. 하지만 깨달음의 목표와 원력이 있었기에 죽음이 두렵지 않았고, 그 속에서도 화두가 고요하고 뚜렷했다.

시간은 유수처럼 흘러 마지막 삭발목욕일이 왔다. 대중스님들이 보는 앞에서 체중을 재니, 목표한 20킬로그램이 빠져 있었다. 보선 스님, 범해 스님 등 모든 스님들이 축하해주었고 불전에 감사의 기도를 드렸다.

나는 평소 '큰 것이 작은 것을 수용한다'고 생각한다. 서원과 원력이 있고, 그 목표가 변하지 않는다면 꼭 이루어진다는 확신을 갖고 있다.

서울 한복판에서
——— 푸르게 살 수 있는 힘

나는 20년 넘게 산중 선원에서 살다가, 갑작스럽게 서울 한복판의 절을 맡아 또한 20년 넘게 살고 있다. 하산할 당시, 주변에서는 1년도 못 버티고 산중에 다시 돌아올 것이라고 예측했다. 그런데 이렇게 잘 버티고 있으니 다들 의아하게 생각한다.

내가 생각해도 이렇게 오래 살 줄은 몰랐다. 삶이란 참 모를 일이다. 그래도 이렇게 넘어지지 않고 버팀목이 되어준 것은 책과 도반스님이 아닌가 싶다.

나는 매주 한두 번은 종로로 나가 서점에 들른다. 새로 나온 신간을 훑어보고, 그 중에서도 주로 인문학과 문학 분야 서적을 구입한다. 책을 사면 우선 정독을 하고, 중요한 내용은 노트에 메모한다. 서점에서 책을 고르다가 마음을 사로잡는 글귀가 나오면 선 채로 메모를 하고 그 글이 주는 감동에 하염없이 취하기도 한다.

책은 자신의 가치관을 올바르게 세우는 데 영향을 주고, 세상과 사람을 바르고 정확하게 보게 하며, 과거·현재·미래를 올

곧게 진단할 수 있는 안목을 길러주기도 한다. 그래서 옛 성인들은 좋은 책 읽기를 권했으며, 두 번 읽을 가치가 없는 책은 한 번 읽을 가치도 없다고 했다.

"책은 사람을 만들고 사람은 책을 만든다"는 교보문고 창립자 신용호 선생의 말씀에 새삼 공감하며 나의 지나온 자취를 돌아보니, 책 읽는 즐거움이 있었기에 서울 한복판에서 푸르게 살 수 있었다. 서점에 가면 책의 향기가 내 삶을 청량하게 하며 새로운 나를 발견하게 된다.

갈수록
_____ 중노릇 힘들다

예전 40여 년 전 해인사 극락전 노스님들께서는 "중노릇처럼 어려운 것이 없다"고 했다. "하루 밥 세 끼 얻어먹기가 참 어렵다" 하는 말씀을 수없이 들었다. 그때는 겸손의 말씀이겠거니 하고 흘려듣고 말았는데, 요즘 들어 노스님들의 말씀들이 문득문득 실감나게 다가온다.

세상에는 공것이 없다. 자기가 뿌린 대로 거두는 것이 틀림없는 우주의 질서이며 인과의 법칙 아닌가. 시주의 물건이 두렵고 무서운 것도 이 때문이다. 불자들이 스님들께 공양하는 것은 집안에 물건이 남아서 선심 쓰는 것이 아니다. 복잡한 세간사로 인해 도를 닦을 여건이 안 되니, 이 공양을 받으시고 출가 수행자의 역할과 책무를 다해 달라는 뜻으로 시주를 한다. 중노릇이 어렵다는 것은 시주의 복전(福田)이 되어야 하기 때문이다. 내 심전(心田)이 확실하고 분명치 않으면 어떻게 시주의 복전이 되겠는가?

또한 중노릇이 어려운 것은 승보(僧寶)의 역할을 여법하게 해야 하기 때문이다. 승보란 무엇인가? 남의 의지처가 되어야 한다는 것이다. 연로하신 노보살님들이 머리가 땅에 닿도록 오체투지를 하며 "거룩한 스님들께 귀의합니다"라는 귀의승(歸依僧)을 할 때, '내가 지금 그 지극한 귀의를 받을 수 있을까?' 자문해보면 참으로 무섭고 두려운 일이다.

경전을 공부해 경안(經眼)이 열리고 화두를 타파해 설사 깨달음을 얻었다고 해서 중노릇이 끝난 것이 아니다. 이런 것들은 목적이 아니라 과정일 뿐이다.

수행승의 사명은 무명과 번뇌에서 침몰해가고 있는 중생들을 건져내는 일이다. 그것은 시주와 공양의 대가로서 의무이자 책임이다. 이러한 책무를 등진다면 '놀고먹는 중놈들'이라는 소리를 면할 길이 없다.

'수행승으로서 나는 이 시대 이 사회를 위해 무슨 일을 어떻게 하고 있는가?' 생각해보면, 부끄러움이 앞선다. 아! 갈수록 중노릇이 힘들다.

객스님이
오신다는 것

객(客)스님이 찾아온다는 것은 진실로 반갑고 행복한 일이다. 그 스님의 수행과 삶이 한꺼번에 함께 들어오기 때문이다. 그래서 부처님을 맞이하는 마음으로 예의와 공경, 감사한 마음으로 흔연히 최선을 다하여 즐겁게 맞이해야 한다.

절간에 객실 풍습과 문화가 사라진 지 이미 꽤 오래되었다. 내 경우만 해도 70년대 출가한 스님들은 객질을 하면서 전국을 누볐고, 객실에서 도인을 만난 인연으로 발심도 하고 법문도 곧잘 듣곤 했다.

20여 년 전, 내가 처음 보문사 주지 소임을 맡았던 때만 해도 1년에 200명도 넘는 선사들이 찾아오셨고, 부처님오신날 오신 선사들은 보통 20명이 넘었다. 지금은 출가자도 급격히 줄어들고, 객실 문화 또한 거의 사라져간다. 그렇게 객실은 한낱 골동품이 되어가고 있다.

아, 그 시절이 그립다. 호젓한 낭만의 객실과 객스님이 그리울 뿐이다.

친절한
_____ 말 한마디

젊은 수좌 시절, 방황과 고민이 넘쳐 몸과 마음이 늘 고달프고 지쳐 있었다.

80년대 중반 여름 결제 중, 고약한 냄새가 진동하는 다 떨어진 누더기의 허름한 차림으로 태백산 각화사로 만행을 갔다. 다들 외면하고 못 본 척하는데 키 크고 훤칠한 한 스님이 선뜻 다가와주었다.

"방사가 누추해도 함께 지냅시다."

그 친절한 말 한마디에 내 인생이 바뀌었는지도 모를 일이다. 이후로 운수와 방황을 접고, 탈선한 수행길에서 본래 위치로 돌아와 지금도 이렇게 수행하고 있다.

힘겹고 어려운 수행의 여정에서 이웃과 도반으로부터 받은 따뜻함과 친절을 내 안에 묵혀둔다면, 그 또한 빚이 되고 업이 될 것이다. 그리고 무엇보다도 내 급하고 괴팍하고 인정머리 없는 성격 때문에 많은 사람들에게 끼친 서운함과 상처를 보상하기 위해서라도, 만나는 인연마다 더욱 친절하고 따뜻하게 대해야겠다고 마음을 다져본다.

　내가 어느 날 누군가를 만나게 되면, 그 사람은 나를 만난 후에는 삶과 일이 더 즐겁고 행복해져야 한다. 그렇게 되면 그 사람의 삶이 더욱 성숙해지고 풍요로워질 것이며, 또한 그 영향력은 그 사람이 만나는 새로운 인연에게도 이어질 것이다.

어제는 어제고
오늘은 오늘이다

수행 생활은 끝없는 복습의 연속이며 예습은 없다. 나의 하루 일과도 끝없는 복습의 연속이다.

새벽에 일어나면 법당에 촛불을 켜고 절을 한 후 대중과 함께 예불한다. 그리고 목탁을 잡고 새벽기도를 하며 경을 읽고, 다실에 들어가 차를 마시고 글을 쓴다. 아침공양 후에는 경전과 어록을 보고 요가도 한다. 사시기도 시간에는 대중과 함께 참석하여 축원한다.

점심공양 후에는 신도분들과 함께 참선 수행을 한다. 방선 후 한두 시간 산행을 하고, 저녁공양이 끝나면 저녁기도를 시작하여 8시 정도에 마무리한다. 이후에는 다시 경전을 보며 법문준비하고, 불교방송 〈지대방 산책〉의 원고도 쓴다. 마지막으로 좌선으로 하루일과를 정리하고 대략 10시 경에 잠자리에 들어간다.

이러한 하루하루가 정진하고 익히는 복습이다. 영적인 체험은 복습의 과정을 통해 다듬어지고 익어간다. 복습은 단순한 반복이 아니라 새로운 출발이고 다짐이다. 어제의 삶과 정진은 어제로 끝나고, 오늘은 오늘대로 새롭게 출발해야 한다. 그래야 익숙함에 물들지 않고 새봄의 새싹처럼 푸르게 시작할 수 있다.

좋은 도반 있으면
함께 가라.

좋은 도반 없으면
홀로 가라.

달빛엔 달빛 되어
별빛엔 별빛 되어

비바람 눈보라엔
비바람 눈보라 되어
혼자서 가라.

내가 나에게 등불 되어
혼자서 가라.

함께 못해도
고독한 운수납자 되어
혼자서 가라.

풀옷 입는
_____ 멋쟁이 선사

요즘엔 풀옷을 빳빳하게 다려서 입고 다니는 선사가 드물다. 내가 선방에 처음 다닐 때만 해도 대부분 선객들은 으레 풀옷 누비와 동방 바지를 입고 수행과 만행을 하곤 했었다.

칠팔십년대 선객들은 검고 긴 누비를 걸치고 춘하추동 불철주야 옷 한 벌로 보내는 것이 다반사였다. 간혹 멋쟁이 선사들은 지대방에서 무명옷이나 광목옷에 풀을 빳빳하게 먹여 다려 입고, 정진하거나 만행길에 오르기도 했다. 그 후 세월이 흘러 이천년대 이후에는 삼베옷이 유행했고 지금은 선사들도 간간이 모시옷을 입기도 한다.

풀먹인 옷은 깔끔하고 시원해 폼도 나지만 의외로 옷 손질이 까다롭다. 나는 일찍부터 풀먹이는 법과 다림질을 익혀, 지금도 내 손으로 여선에 수행 삼아 보름에 한 번 정도는 풀먹이고 다림질을 하고 있다.

나는 어린 시절, 어머님이 그 바쁜 농사와 가사일 틈새에도 새벽에 일어나 아버님의 외출 두루마기를 다리는 모습을 늘상

옆에서 보면서 자랐다. 그래서 옷을 빨아 풀먹이고 손질해서 다림질하는 일들을 귀찮아하지 않으며 일상의 수행으로 여긴다. 아마도 손발이 움직이는 그 날까지, 멈추지 않고 그렇게 살리라 발원해본다.

아무튼 직접 손질해서 풀옷 입고 폼나게 다닌다는 것은 아무나 하는 일은 아니다. 나는 그렇게 사는 선사들을 흠모하고, 앞으로도 그렇게 사는 깔깔한 선사로 남고 싶다.

자유정진의 날,
_____ 삭발목욕일

선방에는 3개월 안거 중에 자유정진의 날이 있다. 바로 삭발목욕
일이다. 대개는 보름에 한 번 삭발하고 목욕하지만, 근년에 와서
는 송광사와 봉암사 등 몇몇 선원을 제외하고는 열흘에 한 번 꼴
로 삭발하는 추세이다. 아무튼 삭발목욕일은 휴가를 기다리는
병사들처럼 선사들에게도 많이 기다려지는 날이다.

대중의 목욕을 준비하는 소임을 맡은 욕두(浴頭)스님은 하
루 전날 목욕탕을 깨끗이 청소하고 삭발도구를 준비한다. 그리
고 당일 새벽정진 시간에 살짝 나가 목욕물을 덥혀놓으면, 아침
공양 후 부전스님이 목탁을 내리고 삭발이 시작된다. 하판의 스
님들이 상판의 구참선사들을 먼저 삭발해주고, 나중에 차례대로
삭발하고 목욕을 한다.

목욕이 끝나면 자유정진의 날인 만큼 지대방에서 차담을
나누고, 인연 따라 간소한 먹거리를 걸망에 짊어지고 산행을 하
기도 한다. 또한 병원을 가는 등 평소 하지 못했던 일을 보기도
한다.

43

내 경우에는 젊은 날엔 도반들과 주로 산행을 했는데, 하루 80킬로미터는 다반사였다. 근자에는 법당에 가서 절을 많이 했다. 그리고 인연 있는 불자들이 대중공양을 오시면 그 분들과 정겨운 차담을 나누기도 했다.

오후 서너 시가 지나면 산행이나 외출 나갔던 선사들도 모두 돌아오고, 저녁예불은 간소하게 죽비로 본다. 이후 다시 깊고 깊은 적막 속에 화두를 들고, 생사 해탈의 소리 없는 전쟁터로 묵묵히 걸어들어간다.

절하는
_____ 마음

나는 매일 아침 500배 절을 놓치지 않고 있다. 절은 내게 있어 하루를 여는 열쇠인 셈이다.

내가 본격적으로 절을 하게 된 동기는 20대 때 해인사 퇴설당 시절로 돌아간다. 그 당시 퇴설당 선원의 수좌들은 하루 14시간의 가행정진 와중에도, 틈만 나면 장경각 법당이나 대적광전에서 몸을 던져 절을 하였다. 그 아름답고 숭고한 모습을 지켜보다 마음이 저절로 움직여 절을 하게 된 것이다. 특히 원융, 천진, 무여 스님 등 어른스님들이 간절히 절하는 모습을 보면서 신심을 냈다.

그 이후 지리산 칠불사에서도 밤낮을 가리지 않고 수없이 절을 했다. 그런 가운데 거칠고 날카로운 기운들이 서서히 부드럽고 자비롭게 변하는 모습을 스스로 느끼곤 했다.

나는 어느 처소를 가더라도 매일 500배는 기본이다. 특히 화엄사 선원 시절, 각황전에서 조석으로 1,000배를 하면서 보문선원 불사를 발원했던 그 순간들은 지금도 나를 설레게 한다. 새벽 법당에 들어가 촛불을 켜고 불전에 선원불사를 발원하며, 절하는 내 몸과 마음이 분명히 우주를 감동시키리라는 확신이 들었다. 절하는 내 마음속엔 항상 여래가 출현하기 때문이다.

최고의
법문

십수년 전 통도사 보광전 시절, 산내 암자에 계시는 원명 노스님
께 인사를 갔다가 잊지 못할 감동적인 법문을 듣게 되었다.

원명 스님은 젊은 시절 통도사 극락암 선원에서 조실인 경
봉 큰스님을 모시고, 산림을 꾸리고 선방스님들을 시봉하는 원
주 소임을 10년 넘게 살았다. 어느 날 지나온 세월을 뒤돌아보니
공부 않고 지낸 세월이 너무도 한심하게 느껴지고 극심한 후회
가 밀려왔다. 그래서 경봉 스님이 계시는 삼소굴로 찾아가, 극락
암을 떠나겠다고 눈물로 하소연을 했다. 그때 경봉 스님이 말씀
하셨다.

"니 알고 나 알고 삼세제불이 알면 됐지, 다른 사람이 알아
준들 뭘 하겠느냐?"

원명 스님은 그 법문을 듣고 재발심하여 전보다 더 대중을
정성껏 시봉했고, 밤낮으로 용맹정진하여 큰 힘을 얻었다고 한
다. 이후 평생을 영축산을 떠나지 않고 후학들에게 수행의 귀감
이 되고 있다. 스님께서는 통도사 주지, 영축총림 방장을 지내시

고, 지금은 산내 암자 비로암에서 만년을 산수와 함께 동고동락
하고 계신다.

부처를
죽여야 한다고?

그대들이 바른 깨달음을 얻거든
사람에게 홀리지 말라.
부처를 만나면 부처를 죽이고
조사를 만나면 조사를 죽이고
성자를 만나면 성자를 죽이고
스승을 만나면 스승을 죽여라.
그래야만 비로소 해탈하여
그 어떤 것에도 구애받지 않고
자유자재하리라.

내가 가장 흠모하고 존경하는 선지식 임제 선사의 말씀이
다. 처음 이 어록을 접하고는 그저 황당하고 놀라울 뿐이었다. 부
처를 죽이고 스승을 죽이다니, 도저히 이해할 수 없었다.

그런데 태백산 각화사에 살 때, 서암에 계셨던 고우 선사의
소참법문을 듣고 임제 선사의 활구가 들어오고 깨달음이 다가왔

다. "부처니 조사니 스승이니, 거기에 집착하면 참나를 볼 수 없다"는 고우 선사의 외침이 지금도 생생하다.

부처, 조사, 성자, 스승을 의지하여 그들을 최고 가치로 여긴다면, 거기에 집착하여 자신의 길을 갈 수 없다. 누군가의 노예가 되지 말고, 자주적이고 창의적인 자유인이 되라는 말씀이다.

진정한 스승을 만나고 싶다면, 밖에서 찾지 말고 화두를 들어야 한다. 그러면 스승은 내 안에서 언제나 함께 한다.

마음의 주인이
─────── 되어라

마음은 화가이다. 온갖 그림을 만들어낸다. 그러나 그림은 그림일 뿐이다. 그림에 웃고 그림에 울 필요가 없다. 생각을 따라가지 말고, 생각이 일어나기 전 그 자리를 비춰보는 것이 선이다. 『벽암록』의 말씀이다.

마음이 가는 대로 따라가서는 안 된다.
마음이 하늘도 만들고 사람도 극락도 만든다.
마음을 쫓아가지 말고
마음의 주인이 되어라.

임제 선사도 '수처작주 입처개진(隨處作主 立處皆眞)'을 말씀하셨다.

가는 곳마다 주인이 되어라.
서 있는 곳이 모두 진리의 세계이다.

장부의
―――――― 원력

물이 다하고 구름이 다한 곳이며
연기는 소멸하고 불은 꺼진 때더라.
문득 본지풍광을 밟으니
부처를 뛰어넘고
조사를 뛰어넘는 것을
마음대로 하겠더라.

고봉 선사의 『선요(禪要)』에 나오는 구절이다. 나는 20대 초
반 이 글을 보고, 가슴 깊이 새기고 품었다. 지금 이 순간에도 깨
달음에 대한 열정과 원력이 식지 않고 있음을 숨길 수 없다. 어쩌
면 그 젊디 젊은 시절보다 날 저문 지금이 더 애절하고 간절할지
도 모를 일이다.

인간의 모든 분별과 망상을 간절한 화두 참구로 몰입했을
때, 그 화두마저 사라진 그 자리에 청정 반야가 드러날 것이다.
마치 낙락장송이 떠난 그 자리에 어린 소나무가 피어나듯, 진공

묘유(眞空妙有)의 오묘한 진리가 무지갯빛으로 피어날 것이다.

　췱넝쿨이 높은 소나무를 타고 올라가다가 높이가 다한 곳에 이르면, 단지 푸른 허공만 홀로 드러나게 된다. 그 순간 일시에 본지풍광(本地風光)이 천하에 밝아 장부의 할 일을 마친다. 불조를 뛰어넘는 대자유인이 되는 것이다.

포교대상
소회
_____

조계종 포교대상 공로상을 받는 날 새벽, 평소와 다름 없는 날이지만 감회가 새로워 나의 삶을 돌아보게 된다. 그저 살아 있음에 감사하고 감사할 뿐이다.

고등학교 3학년 때 고향 근처 석상암에서 처음 불교를 만나, 그 인연으로 출가하였다. 이후 전국 제방선원을 20년 넘게 다니다가, 은사스님의 열반으로 갑작스럽게 이곳 상도동 보문사 주지 소임을 맡게 되었다.

몸도 마음도 없는 주지 소임과 도시 생활은 나를 힘들고 고달프게 만들었다. 늘 걸망을 옆에 두고 산중 선원으로 떠나고 싶었지만 생각뿐이었고, 결국 쓰러져 죽을 고비도 여러 번 넘겼다. 보다 못한 신도분들께서 "결제 때는 선원에 가시고 해제 때는 저희들과 함께 하자"고 간곡히 말씀하셔서, 그렇게 또 20년을 살았고 살고 있었다. 그렇게 살던 어느 날, 보문사에 선원을 짓고 사부대중을 모시고 싶다는 원력을 세우게 되었다. 이후 지리산 화엄사 결제 중 각황전에서 선원불사 발원 기도를 통해 가피를 받고, 해제 후 천일기도를 통해 선원불사를 시작했다.

그러나 다시 돌이켜 생각해도 무척이나 힘겨운 나날이었다. 날벼락처럼 코로나19가 불어닥쳤고 그로 인한 수많은 마장과 고비로 많은 어려움이 뒤따랐다. 하지만 내 안의 여래를 확실히 믿었기에 원력을 성취할 수 있었고, 드디어 지난 2022년 10월 2일 덕숭총림 수덕사 방장 우송 대종사님을 증명법사로 모시고 보문사 사부대중 선원불사를 원만하게 회향할 수 있었다. 그리고 그 해 겨울, 선사 8분과 재가불자 160분의 방부를 모시고 동안거 결제에 들어갔다.

다들 불사가 어렵다고 할 때, 내 안의 여래가 함께 하며 지혜와 용기를 북돋아주셨다. 그 여래를 백 퍼센트 믿어준 나에게도 감사의 마음을 전한다. 무엇보다 불사 고비마다 해제비를 털어 도움을 주신 제방선원의 140여 선사 분들을 비롯한 많은 스님들의 진심 어린 격려와 정성, 그리고 소리 없이 뒤에서 묵묵히 고단한 길을 함께 해준 소중한 인연들이 계셨기에 크나큰 힘이 되었다.

지난 불사 회향 법회에서 분명하게 밝힌 것처럼, 선원불사는 겨우 시작에 불과할 뿐이다. 고려의 정혜결사가 타락한 고려불교를 구했고, 봉암사 결사가 왜색에 물든 조선불교를 새롭게 탄생하게 했다. 이제부터가 보문결사의 시작이고, 그 결사가 한국불교의 미래를 열어갈 것이다.

이러한 보문결사의 원력은 결코 허공의 메아리가 아닌 우

리의 꿈과 희망으로 다가오리라 믿는다. 신심과 원력이 있는 곳
에는 반드시 여래가 출현하기 때문이다.

보문선원의
정진 열기

계묘년(2023년) 하안거 해제가 목전에 다가오고 있다. 금년 하안 거는 유달리 삼복 찜통더위와 긴 장마로 사부대중 모두 수고가 많았던 한 철이었다.

우리 보문사 보문선원은 다행히 냉방과 방음 시설이 완벽하게 되어 있어서, 큰방 내 공부 환경은 전국 제방의 제일이라고 사부대중이 극찬한다. 다만 서울 한복판에 선원이 있다 보니, 맑은 산사에 비해 공기가 다소 탁한 것은 어쩔 수 없는 환경이다.

주변 환경은 그리 나쁘지 않다. 보문선원 뒤편으로 한 시간 정도 걸을 수 있는 국사봉이 있어, 포행 코스로는 안성맞춤이다. 국사봉은 그리 높지는 않지만 정상에 올라서면 관악산과 한강이 한눈에 들어오고 저 멀리 북한산도 눈앞에서 춤을 춘다. 또한 재래시장으로 유명한 성대시장이 지척에 있다. 선방에서 필요한 물품을 바로 조달할 수 있는 편리함이 있어, 산중에서 오래 살았던 구참스님들이 특히 좋아한다. 병원과 목욕탕이 가까이 있는 점도 큰 혜택이다.

2022년 가을 보문선원을 개원할 때 가장 우려했던 부분이 '과연 서울 한복판 선원에 선사들이 방부 신청을 할 것인가' 고민이 많았다. 그러나 한낱 기우에 불과했다. 결제 철마다 많은 선사들이 방부 접수를 하고 있으니 천만다행이다. 언젠가는 방사를 늘려, 방부 들이는 모든 선사들을 빠짐 없이 모시고 더욱 쾌적한 공부 환경을 제공하고 싶은 심정뿐이다.

스님들 선원이 활성화되면 재가자 선원(시민선원)은 덩달아 활기를 띤다. 아직 재가자 선원은 부족한 점이 많지만 한두 철만 지나면 분명 전국 제방 최고의 선원으로 부각될 것이라 믿는다.

뜨거운 날씨만큼이나 보문선원의 정진 열기 또한 국사봉을 흔들고 있다.

보문선원 안거를
맞이하면서

계묘년(2023년) 동안거 결제를 앞두고 요 며칠 사이 선사들의 전화벨이 유달리 빈번하다. 제방의 선사들이 동안거 처소로 떠나거나 도착했다는 안부 전화다. 이번 보문선원 동안거에는 제방 선원에서 선사들의 귀감이 되어온 나의 옛 도반 정명 선사께서 죽비를 쳐주신다 하니 미안하고 감사할 뿐이다.

정명 선사는 동진출가하여 해인사 강당을 졸업하고, 전국 제방에서 입승 소임과 수좌회 일들을 살피면서 큰 행사에는 사회를 도맡아서 깔끔하게 진행하기도 했다. 특히 전등사에서 상무주암 현기 선사의 '벽암록 대강좌'를 열어 사부대중에게 큰 울림과 감동을 선물했다.

나도 정명 선사와 인연이 지중하여 부산 화엄사 시절 동고동락했으며, 수도암 선원에서도 위법망구(爲法忘軀) 정신으로 청춘을 함께 던졌다. 근년에는 강화도 전등사에서 여선에 자주 만나 서로 허심탄회한 속마음을 열어보였다. 특히 지난 하안거에는 보문선원에 부처님을 모실 때 증명법사로 오셔서, 점안의식을 여법하게 봉행하고 법문을 통해 사부대중에게 신심과 원력을 심어주셨다.

2023년 겨울 동안거가 비로소 시작된다. 작금의 심정은 기대 반 우려 반이다. 예전에는 내 공부만 잘하면 되었는데, 이렇게 나이 들면서 대중을 시봉하고 시민선원을 운영하다 보니 많은 생각들이 밀려온다. 그나마 다행인 것은 후원이 안정되었고, 재가자 선원에 의외로 방부 신청자가 늘어나고 있으며, 정명 선사를 비롯한 수승한 선사들이 모이고 있어 참으로 감사한 일이다. 다만 더욱 대중 시봉을 잘해서 명안종사(明眼宗師)의 출현을 진심을 다해 바랄 뿐이다.

깨달음의
_____ 지름길

매달 두 번째 토요일은 보문선원 철야정진 날이다. 선원이 개원된 지 얼마 되지 않아 오랜 철야정진 전통은 없지만, 신심과 원력이 수승한 재가자 20여 명이 동참해 자신과의 싸움을 이겨내며 수행을 점검하고 있다.

선방에서는 하루에 얼마나 정진하느냐에 따라 보통정진, 가행정진, 용맹정진으로 구분한다. 보통정진은 하루 8시간에서 10시간, 가행정진은 하루 12시간, 용맹정진은 하루 18시간 이상 수행하는 것을 말한다. 해인사와 수덕사 같은 도량에서는 일 년에 두 번 동안거와 하안거 때 전 대중이 동참하여 일주일간 용맹정진하는 것을 원칙으로 정하여 전통을 면면이 잘 이어오고 있다.

나는 젊은 시절부터 용맹정진 및 철야정진과 인연이 지중하다. 첫 용맹정진은 1981년 문경 희양산 봉암사 선원에서 회향했다. 서암 노사를 조실로 모시고 백일간 용맹정진을 이어갔다. 그러나 당시 초보 수좌였던 나는 발심과 화두에 정견이 서 있지 않아, 망상과 번뇌로 아까운 시간들을 보내며 공부에 전혀 진전이 없었다. 다만 스물여덟 명이 참여하여 열세 명이 회향했는데, 중간에 탈락하지 않은 것에 작은 위안을 할 뿐이다.

그 후 1990년 의성 고운사 고금당 선원의 동안거 백일 용맹정진에는 근일 선사를 조실로 모시고 법웅 선사가 죽비를 잡았다. 그때의 용맹정진은 처절함 그 자체였다. 용맹정진에 들어가기 전 부산 만행 중 온천장에서 쓰러졌었다. 병원에 입원해 생사의 갈림길에서 사투를 벌이던 중, 오직 화두타파만이 생사를 벗어날 수 있다는 확신이 들었다. 죽어도 용맹정진하다가 죽어야겠다고 발심을 냈다. 내 삶에서 가장 힘든 순간이었으며, 죽음을 각오하고 덤볐기에 생사의 강을 건널 수 있었다.

얼마 전에 고운사 용맹정진를 함께한 목동 본각사 상운 선사께서 당시의 회향 사진을 보내왔는데, 사진을 보는 순간 옛 생각에 왈칵 눈물이 쏟아졌다. 그 사진 속 석봉 선사는 이후 제방선원에서 용맹정진, 일종식(一種食), 장좌불와(長坐不臥)로 애를 쓰다가 빈 토굴에서 좌탈입망하셨다. 내가 절집에 와서 만난 선사 중 가장 치열하고 용맹하며 청빈하게 살았던 청풍납자였다.

용맹정진은 수행자의 의무이자 필연이다. 용맹정진이 없는 깨달음은 있을 수 없다. 옛 조사들도 오매일여(寤寐一如)가 되면 3일 혹은 7일 용맹정진을 통해 구경각(究竟覺)을 얻을 수 있다고 강조했다. 용맹정진은 깨달음의 지름길이다.

지리산 화개골의
추억

나는 출가해서 제방선원에 몇 년 다니다가 쌍계사 스님인 상묵 선사 인연으로 쌍계사 금당선원에서 봄 산철을 지내게 되었다. 그 당시 쌍계사는 불사도 안 된 산골 절이었으나, 아름답고 인정 이 넘쳐 지리산 수행자들이 즐겨 찾는 청빈한 수행도량이었다.

당시 육조정상탑이 있는 금당선원에서 본 섬진강의 봄날은 내 추억 속 잊지 못할 아름다운 그림으로 남겨져 있다. 금당선원 의 봄날은 매화, 산수유, 목련, 진달래꽃이 유달리 일찍 피어 섬 진강 풍광을 더욱 화려하게 수놓는다.

나는 한때 봄날의 지리산 화개골이 너무 좋아, 봄 산철을 쌍 계사 금당선원에서 5년도 넘게 보낸 추억이 있다. 당시의 인연으 로 지금도 쌍계사 스님들과 편하게 지내고 있다. 고향 선배인 지 통사 상묵 스님, 원정 스님, 시인인 지웅 스님, 용문사 승원 스님, 보리암 주지를 했던 능원 선사, 경주의 현연 선사, 그리고 종호 스님, 효명 스님 등 함께 고락을 나누었던 도반들이 유달리 많은 편이다.

그리고 쌍계제다 나리 엄마가 있었고 효월 거사도 있었다. 특히 쌍계제다 나리 엄마는 오랫동안 인연이 지속되었는데 참으로 안타까운 일이 벌어졌다. 암으로 세상을 떠난 남편의 1주기 제사를 준비하기 위해 장을 보러가다가 운명을 달리한 것이다. 화개골에서 쌍계제다를 운영하면서 많은 청빈한 수행자들에게 인정과 자비를 실천했는데, 불현듯 떠나버려 큰 충격으로 다가왔다. 힘든 시간들을 삭이며 한때 화개골을 멀리한 적도 있었다. 지금도 나리 엄마를 생각하면 가슴이 먹먹하고 애려움을 숨길 수 없다.

벚꽃이 피어나는 봄날이 오면, 전라선 열차에 화두를 싣고 구례 섬진강을 거쳐 화개골에서 햇차를 마시며 나리 엄마를 뵙고 싶다. 추억과 낭만이 서린 지리산 화개골, 지금쯤 매화, 목련, 진달래꽃, 산수유꽃이 만개한 쌍계사 금당선원에 달려가고 싶다.

강진
백련사

1984년 봄 해인사 선원에서 해제 후 만행 길에, 어떤 객승이 하는 말이 보선 스님께서 강진 백련사 주지를 맡아 선방을 개원한다고 해서 마음이 움직였다.

그래서 불원천리 광주행 고속버스를 타고 광주로 내려가 원각사 객실에서 1박을 하고, 강진행 완행버스로 강진읍에 도착하니 허기가 졌다. 부랴부랴 식당을 찾아가니, 간판은 허름했지만 음식이 푸짐하고 맛깔스러워 모처럼 남도의 인심과 정을 느꼈다.

봄날에 석양 노을이 지고 있을 때 백련사 입구에서 내려 한 30분 올라가니, 만개한 동백, 개나리, 진달래, 목련이 한창이었다.

대나무 동백꽃 숲을 지나 절에 도착하니, 저녁예불이 끝나고 선사들은 각방에서 정진하고 있었다. 주지실 문을 두드리니 보선 스님께서 반갑게 받아주시면서 함께 살자고 했다. 차담을 나눈 후 객실에서 뜬눈으로 밤을 지새우면서 많은 생각을 했다. 다음날 도량석에 맞추어 예불을 한 후 아침공양에 참석하니, 낮

익은 선사들이 의외로 많이 계셔 마음이 편안했다.

　토굴에 계시는 학산 노스님, 돈수, 명문, 범해 스님과 간단히 눈인사를 하고 도량을 둘러보니 신심이 났다. 남도 작은 섬들이 눈앞에 들어오고, 강진만 풍광이 낮이나 밤이나 색다른 시각으로 다가오곤 했다.

　낮에는 대중스님들과 정진하면서도 틈만 나면 다산초당, 강진만, 만덕산을 날아다녔다. 밤에는 누각에 앉아 용맹정진으로 날을 지새우기가 비일비재했고, 달이 뜨고 소쩍새 우는 여름밤 강진만 고깃배를 하염없이 바라보면서 지냈다.

　강진 백련사는 내 젊은 수좌 시절의 아름다운 추억과 낭만으로 아직도 소중히 간직하고 있다.

인생을 걷다 보면
기적을 믿는 사람이 있고
기적을 믿지 않는 사람이 있다.

나는 늘 기적 속에서 살아간다고
생각하며 여기까지 왔다.

살아서 숨 쉬는 것도
절에 사는 것도
이렇게 좌복에서 수행하는 것도
모두 기적으로 여기면서 걷고 있다.

기적은 삶이고 삶은 기적이다.

보라매공원을
산책하며

─────────

오늘은 음력 3월 초하루다. 날씨도 좋거니와 기분도 상쾌한 봄날이다.

　오전의 초하루법회까지 한 달간 계속해서 법회를 보다 보니 좀 피로감이 쌓여, 선원의 입승 정명 선사께 법문을 부탁드렸다. 봄 산철 안거 중이지만 흔연히 받아주셔서, 오후에는 여유가 생겨 신림동 나들이를 떠났다.

　먼저 극장에 가서 영화 한 편을 즐겼다. 영화를 너무도 좋아하는데 코로나19의 여파로 한 3년 극장과 담을 쌓고 지냈다. 이렇게 여선에 영화를 보니 새삼스럽고 기분이 전환된다.

　영화를 본 후 극장과 한 건물에 있는 영풍문고에 들러 책 쇼핑을 하고, 신림 사거리를 걸으며 보라매공원에 왔다. 보라매공원은 우리 보문선원에서 가까워 자주 찾는 산책 코스다. 비록 도시 한복판에 있지만 정리가 잘되어 있어, 산책과 운동 코스로 가장 이상적인 공원이다. 근처에 10년 넘도록 종종 입맛이 떨어지면 가는 백반집도 있어 정겹다.

국사봉이 눈앞에 들어오고 저 멀리 관악산이 아름답고 우아하게 다가온다. 공원 전체가 산책로를 제외하고는 울창한 숲과 잔디로 깔려 있다. 사계절마다 유달리 특색이 있다. 특히 봄날에는 산책로 길 옆에는 매화, 개나리, 산수유가 웃고 있고, 오래된 고목의 벚꽃이 흐더러지게 피어나고 있다.

　　이렇게 벚꽃이 한창일 때 보라매공원에 오면 오감이 즐겁다. 하지만 왠지 슬프고 우울한 감정도 든다. 어떤 것도 영원하지 않고 제행무상(諸行無常)하기 때문이다. 그래서 우리는 참선하고 기도하고 수행한다. 수행을 통해 생사가 본래 공함을 체험하고 그 깨달음을 통해 중도(中道) 불이(不二)의 부처님 가르침을 실천해야 한다.

팔공산에서 만난 ───── 인연

나는 해인사가 있는 가야산도 좋아하지만, 동화사와 은해사가 있는 팔공산도 흠모한다.

젊은 수좌시절 5년 가까이 팔공산 주변 선원에서 주로 입승 소임을 보면서 좋은 시절을 보냈다. 동화사 금당선원에서 세 철 가행정진을 했으며, 은해사 산내암자인 기기암에서도 근 3년 가까이 인각 노사와 고락을 동행했다.

동화사 금당선원에서는 진제 조실을 모시고 하루 14시간을 서로 대좌(對坐)하면서 가행정진했다. 위로는 진허, 정찬, 도오 선사를 모시면서 신명을 다해 오직 화두에 살고 화두에 죽었던 시절이었다. 기기암 시절에는 자비스러운 인각 노사를 모시면서, 주지가 무엇이며 대중을 모시는 방법과 중노릇을 배우고 익혔다.

인각 노사는 그 유명한 휴암 선사의 사형이다. 휴암 선사는 서울 법대를 나와 출가한 스님으로, 기기암을 맡아 대중 시봉을 10년 가까이 하면서 새롭게 선원을 지었다. 한때 수좌계 최고의 논객으로 명성을 떨쳤는데, 아쉽게도 파라호에서 수영을 하시다가 운명을 달리했다. 그 이후 기기암을 사형인 인각 노사가 소임을 맡아, 10년 넘게 여법한 도량으로 가꾸며 모범을 보였다.

인각 노사가 처음 기기암 소임을 맡을 당시 IMF 외환위기로 전국 제방 살림이 어려웠다. 특히 기기암은 기름보일러로 난방을 했기에, 기름값이 없어 선원을 닫아야 할 곤경에 빠졌다. 대중이 모였지만 참 힘든 시절이었다.

그 시절의 어느 날 포행길에 인상이 너무 좋은 거사님을 만났는데, 처음 보는 나에게 차와 공양을 했으면 했다. 그때 나는 오후불식을 하고 있으며 정진 시간이 다 되어 기기암 선원에 가야 한다면서 거사님의 호의를 뿌리쳤다.

일주일 후 그 거사님이 기기암으로 나를 찾아왔다. 도량을 함께 걸으며 안내하면서, 기름값이 없어 선원 운영이 힘들다고 그냥 푸념 섞인 말을 했다. 그런데 그 거사님이 내 이야기를 들은 후, 자신이 기기암 기름을 책임지겠다고 한다. 거사님은 자신이 경북 관내에 주유소를 여러 곳 운영하고 있는 기름 장수라고 밝혔다. 그 거사님이 유재홍 거사다. 거사님은 그 후 인각 노사와 인연이 이어졌고, 10년 가까이 기기암 선원에 기름을 공급해주신 걸로 알고 있다.

나는 기기암에서 지낸 후 갑작스런 은사스님의 열반으로 보문사를 맡아 서울로 오게 되었다. 이후 거사님과 인연이 다한 듯했지만, 보문사 대소 불사에 예나 지금이나 정성을 다해 나를 돕고 계신다.

잘나가던 회사가 부도를 맞아 한때 건강의 위기를 겪기도 했지만, 깊은 불심과 수행력으로 극복해냈다. 지금은 회사도 정상적으로 돌아가고 몸도 건강을 회복했다. 종종 통화하며 전화로나마 안부를 묻곤 하는데, 어제는 인천공항에서 인도로 성지순례를 떠난다고 하시면서 밤 늦게 연락이 왔다.

비록 우리는 길거리에서 만나 차 한 잔 밥 한 끼도 나눈 적이 크게 없지만, 불연으로 아름다운 인연을 승화시키며 살아가고 있다.

일 없는
사람

———

임제 선사 어록에는 이런 말씀이 있다.

일 없는 사람이 귀한 사람이다.
다만 억지로 꾸미지 말라.
있는 그대로가 좋다.

여기서 '일 없는 사람'은 하는 일 없이 빈둥거리며 노는 사람을 뜻하는 것이 아니다. 자기 일에 몸과 마음의 최선을 다하면서도, 그 일에 얽매이지 않고 자유로운 사람이 일 없는 사람이다.

그 일에 통달하여 하는 일에 자유롭고 한적한 경지를 '무사인(無事人)의 안목'이라고 한다. 내가 만난 스님 가운데 오현 스님이 바로 무사인이다. 이 시대의 마지막 무애도인(無碍道人)이며, 내 삶에 지대한 영향을 미친 나의 멘토이다.

스님께서는 설악산의 단월들이 시주하는 모든 시주금과 우리들의 골수를 다 뽑아서 모든 중생들께 회향해도, 부처님의 은

혜를 다 갚지 못한다고 하셨다. 그러면서 한 평생을 빈승, 빈자, 가난한 예술인들에게 사랑과 자비를 함께 했고, 선객들을 음지에서 정성껏 보살폈다. 만년에는 80세의 노구에도 불구하고 10년간 일종식과 장좌불와로 수행에 목숨을 던졌다.

　　오현 큰스님의 다례재가 내일이다. 큰스님 사랑에 머리 숙여 감사드리며, 분향 삼배 올린다.

내일은
_____ 없다

새벽에 삭발하다가 면도 칼날 위에 흰 털이 수북한 것을 보고 새삼 놀랐다. 세월이 얼마 남지 않았음을 직감했다. 비로소 공부하지 않으면 안 된다는 생각이 나를 급습한다.

'간절히 정진하여 윤회를 끊고 생사를 해탈하여 성불해야 한다. 내일이 있고 모레가 있다고 마냥 기다리지 마라. 어쩌면 오늘 이 순간이 내 삶의 마지막 순간이다.'

옛 조사들은 찰나지간에 목숨이 있다고 누누이 강조했다. "3일 수행은 천년의 보배요, 백년 탐한 재물은 하루아침의 티끌"이라 했다.

공양 후 차 마시니 청산은 붉고, 좌복에 화두 드니 삼천대천 세계가 청정법신 비로자나불이로다.

2장

수좌의
마음 노래

홀로 존재하는
_____ 가장 아름답고 숭고한 시간

산다는 것은 어쩌면 순간순간 죽어간다는 것이다. 우리는 죽음
과 늙어감을 두려워할 것이 아니라, 현재 녹슬고 나태해져가는
삶을 경계해야 한다.

담백하고 청순한 삶을 만들려면 홀로 있는 시간이 필요하다.
사람은 홀로 있을 때 단순해지고 순박해진다. 홀로 지내려면 인
내력이 요구되며, 외롭고 허전하다는 생각을 쉬어야 한다. 그렇
지 않으면 자기 영혼의 투명성이 스며들다가 곧잘 떠나버린다.

홀로 지내지 못하면 삶의 리듬이 흔들린다. 마음을 무심히
텅 비우고 자기를 간절히 응시할 때, 새로운 나를 만날 수 있다.
이것이 선(禪)이다. 선은 안으로 충만해지는 일이다. 충만해지려
면 홀로 앉아 자신의 내면을 오랫동안 무심히 들여다보는 습관
이 필요하다.

선은 본래 자기로 돌아가는 훈련이다. 홀로 존재하는 가장
아름답고 숭고한 시간이다. 무심히 나를 주시하다 보면, 겹겹으
로 쌓여 있는 내 마음이 활짝 열리게 된다.

일휴 선사의
어머니

나는 이제 사바세계 인연이 다하여 무위(無爲)의 부처님 나라
로 돌아가려 한다. 바라건대 너는 속히 출가승이 되어 네가 지
닌 불성을 깨닫도록 하라. 그렇게 되면 너는 그 밝은 지혜의
눈으로, 내가 지옥에 떨어졌는지 아니면 항상 너와 함께 있는
지 알게 될 것이다.
네가 진정 대장부라면 불조(佛祖)가 모두 너의 심부름꾼임을
알게 될 것이다. 그때 책을 내려놓고 나가 사람들을 위해 일하
라. 석가 세존께서는 49년 설법하고서 단 한 자도 설한 적이
없다고 말씀하셨다. 왜 그렇게 말씀하셨는지 너는 응당 알아
야 한다. 만약 네가 알아야 할 것을 마땅히 안다면 무익한 망
상을 하지 않을 것이다
　　-어머니가, 태어나지도 죽지도 않는 몸으로

　일본 임제종의 고승 일휴 선사의 어머니가 아들의 출가를
간절히 바라는 유언서이다. 이 글은 출가 전 파란만장한 삶을 사

셨던 혜암 선사가 발심하여 출가하게 된 동기가 되었다. 혜암 선사는 1946년 해인사로 출가해 해인총림 방장을 지내셨고, "공부하다 죽어라"라는 벼락같은 화두를 남기셨다.

수좌의
_____ 마음 노래

나는 설악산과 인연이 깊고, 한 3년 살았다. 십수 년 전 백담사 무문관 시절, 바로 옆방에서 무산 노사의 숨소리를 들으면서 가까이 모시고 산 기억이 아직도 생생하게 기억되고 그려진다.

무문관 산창 너머에는 눈보라가 보름째 퍼붓고 날리기도 했다. 밤이면 산나무들의 넘어지는 소리와 산짐승 울음소리가 지금도 들리는 듯하다. 한철 내내 겨울밤을 뜬 눈으로 보내게 했던 잊지 못할 겨울 안거였다.

무문관 빗장이 열리고 노스님께 인사를 드리니, 대뜸 청구서가 날아든다.

"지범 수좌, 밥값을 일러보세요."

나는 이렇게 답했다.

조실스님 할 소리에
무문관 빗장이 무너지고
대청봉

춤을 추고 노래하며
삼동에도 백담사 골짜기에
복사꽃이 만개했습니다

노스님은 "이것은 오도송이다" 하시며 기뻐하셨다. 그래서
또 이렇게 답을 했다.
"이것은 수좌의 마음 노래입니다."
옛말에 장부는 나를 인정해주는 사람에게 목숨을 바친다
했는데, 무산 노사가 떠난 설악산은 지금 허전하고 쓸쓸할 뿐
이다.

밤손님을
_____ 맞이하는 법

나는 우화 스님 이야기를 고등학교 3학년 때 석상암 노스님께 처음 들었다. 그 후 출가해서 계를 받고 나주 다보사에 가서 반년 정도 살며, 우화 노스님의 삶과 가르침을 직접 보고 듣고 느끼게 되었다.

당시 우화 노스님은 다보사에서 30년 넘게 사시면서 많은 사부대중에게 감동과 울림을 주었다. 지금도 나주골에서는 호남 도인이요 천진불로 존경을 받고 있으며, 선가에서는 전강 노스님과 더불어 눈 밝은 선지식으로 회자되고 있다.

몇 해 전 봉암사에서 입적한 적명 선사가 우화 노스님 상좌이고, 나의 은사스님이신 정진 스님도 우화 노스님을 시봉하셨다. 이를테면 나에게는 노스님뻘이 된다고 할 수 있다.

우화 노스님 일화를 하나 소개하고자 한다. 예나 지금이나 산골의 절에는 가끔 밤손님이 든다. 밤잠이 없는 노스님께서 정 랑에 다녀오다가 뒤꼍에서 인기척을 들었다. 웬 사람이 지게에 짐을 올려놓고, 일어나다가 말고를 반복하면서 끙끙거리고 있었다. 뒤주에서 쌀을 잔뜩 퍼내긴 했지만, 힘이 딸려 일어나지 못하고 있는 것이다. 그때 노스님이 뒤로 돌아가 지게를 지그시 밀어주시면서 말씀하셨다.

"밤길 어두우니 조심히 잘 내려가게."

다음날 아침 다보사에는 간밤에 도둑이 들었다고 야단이었다. 그러나 우화 노스님은 말이 없었다. 노스님에게는 잃어버린 것이 본래 없었기 때문이다. 그 후로 밤손님은 노스님께 찾아와 참회를 하고 다보사의 독실한 신도가 되었다.

따지고 보면 본질적으로 내 소유란 없는 것이다. 어떤 인연으로 내게 왔다가 인연이 다하면 가버리는 것이다. 더 깊이 원초적으로 말한다면, 나의 실체도 본래 없는데 내 소유가 어디 있겠는가. 단지 한동안 내가 맡아오고 있을 뿐이다.

자기 안에서는 자기를 볼 수 없다.
오직 타자의 거울을 통해서
자신을 보며 알 수 있다.
타인은 나의 분신이며
또 다른 나다.

한고추

절집 선가(禪家)에 '한고추(閑古錐)'라는 말이 있다. '닳아서 무딘 송곳'을 가리키는데, 선사가 수행의 경지가 완숙하고 원만해져 날카로운 서슬이 밖에 드러나지 않음을 의미한다. 그러므로 서슬이 푸르고 날카로운 것은 아직 수행이 미숙함을 드러내는 것이다.

지식이 충만하고 수행력이 수승해도 앎과 지혜에 걸리지 않는 수행자를 '선지식(善知識)'이라 한다. 자신의 지식이나 깨달음에 자만하고 공부했다는 상(相)이 남아 있다면 진정한 수행자가 아니다.

수행자에게는 학식이나 지식이 요구되는 것이 아니라, 지혜롭고 따뜻하며 자비로운 행동이 필요하다. 지식은 때때로 자만을 가져오지만 자비는 언제나 덕성을 길러준다. 그러므로 살아 움직이는 자비로운 행동이야말로 부처님의 가르침을 바르게 실천하는 것이다.

승가에는 전광석화 같은 안목과 기량으로 무지를 깨우쳐주는 명안종사도 필요하지만, 비록 명성은 드러나지 않더라도 신심과 원력으로 자비와 사랑을 나누는 청빈한 수행자가 더 많아야 한다.

근년에 한국 승가가 때때로 청정 승가의 모습을 보여주지 못해 안타깝지만, 다행스러운 것은 아직도 선방에는 화두 일구로 살아가는 한고추 노덕스님들이 많이 계셔서 작게나마 위안을 삼게 된다. 이러한 노덕스님들은 참선이나 화두, 견성 등에 관해 말하는 일이 별로 없다. 그저 묵묵히 몸소 행동으로 보일 뿐이다. 단지 수행자의 덕성인 겸손과 청빈, 온유함이 봄날의 청매화처럼 피어나는 스님들이다.

선지식은
어디에 있는가?

선지식은 경전이나 어록 속에만 있지 않고 우리의 일상의 삶에 늘 존재하고 있다. 선지식이란 말뜻은 원래 '좋은 벗, 어진 친구, 착한 벗'을 가리킨다. 그가 어떤 신분을 가지고 무슨 일을 하는 사람이든, 나에게 보리심을 일으키고 깨달음의 길에 이르도록 가르침과 영향을 주고 있다면 그는 곧 나의 선지식이다. 하루에도 몇 번씩이나 마주치고 있지만 다만 만나지 못했을 뿐이다.

목마른 사람이 물을 찾듯 굶주린 사람이 밥을 갈구하듯 간절한 바람과 소망이 있을 때만 선지식은 친견될 수 있다. 그렇지 않으면 설사 부처님을 친견하고 조사와 자리를 함께 한다 할지라도 선지식은 요원할 뿐이다.

또한 선지식은 사람에게만 있지 않다. 봄눈이 살며시 사라지는 모습, 비바람과 눈보라에 노송이 쓰러지는 모습, 봄날에 진달래꽃 피고 지고 진흙 속에서 연꽃이 피어나는 자태에서도 나는 무상과 선지식을 만나며 살아간다.

선지식을 밖에서 찾지 말고
그대 안에서 찾으라.
그러면 만나는 사람마다
다 내게는 선지식이 될 것이다.

장맛이 짜고 싱건 것만
_____ 안다면

옛 선사들은 공부란 별다른 게 없고 '오직 마음을 놓고 쉬는 일' 이라고 강조했다. 마음에 있는 생각, 즉 번뇌와 망상을 일시에 놓는 것이 참선이다. 그렇게 놓는 것을 '마음을 텅 비운다'라고 한다.

참선 수행자는 자신의 마음을 비우되 한 톨 남김없이 철저히 비우고, 쉬어도 무섭게 쉬고, 놓아도 과감하게 일체를 전부 내려놓는다. 그 유명한 임제 선사는 "쉬기만 하면 그대로 청정법신"이라고 누누이 강조했다. 곧 마음이 쉬기만 하면 바로 부처님이라는 의미이다.

우리는 흔히 '마음 닦는 것은 아무나 하는 것이 아니다, 어렵고 힘들어서 도인들이나 하는 일이다'라고 치부하지만, 사실 마음만 쉬면 이토록 쉬운 일이 없다. 그저 일체를 놓아버리고 만사를 쉬고 비우기만 하면 된다.

깨달음으로 가는 길은 너무 쉽고 가벼워서 누구나 손쉽게 할 수 있다. 만공 선사는 말씀하셨다.

"장맛이 짜고 싱건 것만 안다면, 누구나 도를 닦아 부처가
될 수 있다."

술과 말은
_____ 익어야 한다

침묵에는 강한 힘이 있다. 침묵은 단지 말하지 않음이 아닌, 보이지 않는 우주의 소리를 듣기 위한 위대한 행위이다. 침묵함으로써 더 많은 소리를 들을 수 있으며 내면의 울림을 경청하게 된다. 그래서 침묵을 '지혜의 눈'이라고도 한다.

선사들의 묵언 수행과 천주교의 침묵 수행은 모두 영성을 계발하는 오래된 수행이다. 내가 아는 스님 중에 묵언 수행을 하시는 분들이 있다. 정암 선사는 40년 묵언하다 지금은 아예 입을 닫고 수행한다. 그리고 송광사 현묵 스님께서는 10년 넘게 지리산 칠불사에서 묵언 정진하시면서 동구불출했다.

나도 30대 젊은 시절 지리산에서 1년 내내 묵언으로 지낸 적이 있다. 내 경험으로 볼 때 묵언하는 사람은 공부가 좀 되어 생각이 쉬어야, 묵언하는 경계에 물들지 않으면서 자기 정진을 할 수 있다.

묵언 수행을 잘못하면 오히려 성격이 예민하고 거칠어진다. 묵언하고 있다는 공부에 상이 생겨 대중을 불편하게 만드는 경우를 여러 번 목격하곤 했다. 묵언의 목적은 경계에 물들이지 않고 자기 정진에 몰두하여 견성성불(見性成佛)하는 데 있다. 그런데 그 묵언이 대중에게 피해가 있다면 그 묵언은 내려놓아야 한다.

옛 선사들은 "말은 한 사람의 입에서 나오지만 천 사람 만 사람의 귀로 들어간다" 했으며, "수행자는 누구나 말수가 적어야 하며 불쑥불쑥 나오는 내면의 소리를 꿀꺽꿀꺽 삭일 줄 알아야 한다"고 강조했다.

그리고 법정 스님께서도 "술과 말은 익어야 한다. 술은 숙성기간이 길어야 좋은 술이 되고 말도 침묵이라는 숙성기간을 거쳐야 향기로운 말이 된다."고 말씀하셨다.

결국 묵언과 침묵은 좋은 수행방법 중 하나이지만, 공부가 익어 어떤 경계에도 흔들리지 않는 구참납자에게만 권하고 싶다.

영원과 순간에
─────── 몸을 던지는 나그네

선방에 사는 선사들은 아무리 가까운 도반이라도 결제가 다가오면 으레 기약 없는 석별을 하게 된다. 선사들은 다음 철, 아니 한 순간도 기약이 없기에 석별과 만남이 극적이다.

나도 40년 넘게 안거를 지내다보니 여러 선사들과 인연이 많지만, 한 번 헤어져서 다시 못 만난 선사들이 대부분이다. 어차피 선사들은 가을 가랑잎과 아침이슬 같은 삶이 아닌가. 영원과 순간에 몸을 던지는 나그네이다.

사람과 사람 사이는 그리움과 설렘, 그리고 아쉬움이 젖어 있어야 신선한 향기로움이 피어난다. 걸핏하면 전화하고 시도 때도 없이 자주 함께 하다 보면, 그리움과 따스함이 고이지 않고 인간관계가 건조해진다. 습관적인 만남은 진실한 만남이 아니라 시장바닥에서 스치고 지나감이나 다를 바 없다.

선사들은 죽기 살기로 화두에 몸을 던져 구순안거(九旬安居)를 지내니, 선사들의 만남이야말로 순간과 영원이 함께 공존하는 숭고하고 향기로운 만남이 아닐까 싶다.

수행자의
_____ 청복

수행자의 소유는 단순하고 조촐해야 한다. 그러한 수행자의 청
빈은 수행자만이 누릴 수 있는 청복(淸福)이다. 그러므로 세상 사
람들이 소유하지 않는 물건을 수행자가 차지하고 있다면, 그것
은 자랑이 아닌 부끄러움이다.

수도 생활에 요긴한 물건도 절제해야 하거늘, 하물며 불필
요한 물건에 집착하고 있다면 그것이야말로 탐욕이다. 이 탐욕
은 맑고 투명한 눈을 어둡고 멀게 하여 스스로 고통으로 몰아넣
는다.

수행자는 소유로써 풍족함을 추구하는 것이 아니고, 청빈으
로써 풍성하게 존재하는 것이다. 수행자는 시주자의 복전이 되
어야 하건만, 오히려 시주의 신세를 지고 있다면 참회하고 정진
해야 한다. 그러므로 중노릇은 참으로 어렵고 어려운 일이다.

죽비
소리

선원에서는 대개 죽비소리로 모든 절차가 진행된다. 입선과 방선, 예불과 공양도 입승스님의 죽비소리에 따라 움직인다. 운력이나 공양을 알릴 때는 주로 목탁을 친다. 목탁을 한 번 쳐서 내리면 공양 목탁이고, 두 번 내리면 운력 목탁이다. 옛부터 절에서는 목탁 소리에 귀가 밝아야 잘 얻어먹고 공부를 잘한다는 말도 있다.

해인사 퇴설당 시절에는 혜암, 적명, 무여, 원융 선사 등 죽비를 정말 멋지게 치는 선사들이 특히 많았다. 나는 그때 죽비 치는 법을 배웠는데, 사숙인 적명 선사에게 개인지도까지 받았다. 그 스승에 그 제자인지라, 개인적인 느낌으로는 지금도 죽비소리를 잘 내고 치는 편이다.

선방에서는 입승스님의 죽비소리가 큰방 공부 분위기를 좌지우지한다. 입승스님이 공부가 되어 있으면 죽비소리가 다르다. 깊은 삼매 속에서 여법하게 치는 죽비소리는 단박에 전 대중을 화두삼매의 세계로 빠져들게 한다. 그래서 선방에서는 공부에 안목과 힘을 얻은 구참납자가 입승 소임을 보고 죽비를 쳐야 한다.

산이 높다고
_____ 좋은 산이 아니다

물건에 각기 주인이 있듯, 똑같은 터라도 누구는 자리 잡고 누구
는 못 견디고 떠나는 경우가 비일비재하다.

산이 높다고 좋은 산이 아니다.
그 산에 신선이 살아야 명산이다.
물이 깊다고 좋은 호수가 아니다.
그 물에 용이 살아야 신령한 호수다.

당나라 시인 유우석의 〈누실명(陋室銘)〉에 나오는 글이다.
비록 좁고 투박한 처소라도 맑고 청량한 선사가 살면 빛이 난다.
얼마 전 영양 두메산골 육잠 선사의 토굴을 다녀왔다. 첩첩산중
의 초라한 처소인데, 어떤 제방선원보다 맑은 기상과 여법함이
온 도량에 피어났다. 선사께서 워낙 청빈하고 치열하게 사시면
서 깨어 있었기 때문이다.
아무리 법당이 장엄하고 화려해도, 여법한 수행자와 신도가

없다면 오히려 한 칸 토굴보다 못하다. 비록 작고 초라한 토굴이라도 청빈한 스님이 주석하고 청법 대중이 몰린다면 명찰의 반열에 오를 수 있다. 그러나 아무리 유서 깊은 천년고찰이라도 스님을 불신하고 청법하는 이가 없다면 그저 평범한 절이라 할 수 있다.

중생이 없으면
부처는 필요 없다

우리나라에는 예나 지금이나 깨달은 선사는 많은데, 깨달음의
삶을 사는 선승은 드물다. 화두를 타파하면 부처가 된다. 그런데
부처는 왜 존재하는 것일까? 바로 중생이 있기 때문이다. 그러므
로 중생이 없으면 부처는 필요 없다. 화두나 깨달음은 반드시 중
생과 함께 해야 하는 이유이다.

불교는 깨달음을 추구하는 종교가 아니라 깨달음을 실천하
는 종교이다. 화두는 그 사람의 바로 지금, 현재이다. 지금 무엇
을 생각하고 실천하느냐에 따라 그 사람의 삶이 결정된다.

부처의 삶을 사는 사람이 부처이다. 부처의 삶을 살지 않고,
그냥 부처가 되겠다고 죽을 때까지 화두를 붙들고 좌복만 고집
하다면 절대 부처를 이룰 수 없다. 설사 그렇게 해서 부처가 된들
그 부처는 이미 죽은 부처나 다름없다. 중생의 이야기를 들어주
고 공감하며 희망의 메시지를 전달해줄 수 있어야 한다.

수행하기에
_____ 늦은 나이는 없다

인도의 고승 협 존자는 무려 81세에 출가하여 83세에 깨달음을 얻은 수행자이다. 그가 81세 노구를 이끌고 출가하기 위해 절에 왔을 때, '수행을 빙자해 밥을 축내고 죽을 자리를 보러 왔느냐'며 사부대중이 조롱했다. 그렇지만 협 존자는 어떤 소리에도 굴하지 않고 불전에 다가가 발원한다.

"내가 만일 욕심을 끊지 못하고 진리를 통하지 못하고 해탈하지 못하면, 절대로 자리에 눕지 않겠습니다."

협 존자는 나이가 든 만큼 더욱 간절한 마음을 내어 수행했다. 갈비뼈를 바닥에 대지 않을 정도로 목숨을 걸고 용맹정진하여, 비로소 2년 만에 깨달음을 얻는다.

나이가 들면 수많은 경험이 축적되어 감정의 동요가 줄어들고 무심해진다. 젊어서 보이지 않았던 것들이 보이고 주변에 대한 이해심이 늘어난다. 수행하기에 늦은 나이는 없다. 나이 들수록 멈추지 말고 정진하며 보살행으로 살아야 한다. 어차피 잃을 것이 없지 않은가?

어진 도반이 없거든
_____ 차라리 혼자 가라

출가 수행자는 세 가지 요건을 여법하게 갖추어야 수행과 정진
을 잘할 수 있다. 스승과 도반, 그리고 도량이다. 그 중에서도 도
반이 끼치는 울림과 감동은 가장 수승하고 힘이 있다.

　도반이 어질고 어리석음에 따라 자신도 영향을 받는다. 도
반의 울림은 아침이슬 같아서 자신도 모르게 야금야금 젖어들기
때문이다. 선가에 "어진 도반이 없거든 차라리 홀로 가라"는 말
이 있다. 출가사문의 삶과 생활 자세를 단적으로 드러내고 있는
말이다.

　자기 자신의 문제는 누구도 해결해줄 수 없다. 스스로 극복
하고 해답을 찾아야 한다. 세간에서는 홀로 있을 때 외롭다고 하
지만, 사문에게는 홀로 존재하는 순간이 충만하고 숭고한 시간
이다. 화두 참구를 통해 인간의 본래면목(本來面目)이 부처임을
증명하고 체험하며, 깨달음을 향해 가는 여정이다.

청산과
명월의 주인

해와 달, 산과 바다, 그리고 바람은 따로 임자가 없다. 번뇌를 떠나 청정하고 향기롭고 한적한 사람만이 주인이 될 수 있다.

젊은 날 자주 들렀던 문경 봉암사 백련암의 법연 노스님은 한 암자에서 60년 넘게 살고 계신다. 그런데 예나 지금이나 스님 방은 변함이 없다. 텅 빈 방에 낡은 좌복과 찻잔 두어 개로 평생을 소욕지족하고 계신다.

풋중 시절에 들러서 외롭지 않으시냐고 여쭈니 노스님께서 말씀하셨다.

"푸른 산에 용추계곡과 옥석대가 있고, 관음봉 흰 구름 사이로 새소리와 바람소리가 매일 들려오니 늘 푸르고 충만하게 산다."

삶에서 '누구와 함께 하느냐'는 굉장히 중요하다. 법연 노사처럼 청산(靑山)과 명월(明月)로써 벗을 삼고 사는 사람은 아무나 가까이할 수 없는 사람이다. 노스님의 삶을 먼발치에서 지켜보는 것만으로도 맑고 시원한 청량감이 느껴진다.

나를
놓아버린다는 것

불교 수행의 첫걸음은 보리심(菩提心)을 내는 일이다. 아무 분별 없이 선뜻 나서서 남을 돕는 마음을 보리심이라 한다. 보리심을 내지 않고서는 불도를 제대로 닦을 수 없다. 발보리심을 줄여서 발심이라 한다. 본래 지니고 있는 마음을 밖으로 드러내어 널리 펼친다는 뜻이다.

불도를 배운다는 것은 곧 자기를 배우는 것이며, 자기를 배운다는 것은 자기를 놓아버리는 것이다. 자기를 놓아버릴 때 모든 것은 비로소 자기가 된다.

어려운 환경의 이웃을 보고 선뜻 나서서 돕는 일에는 자신이 존재할 수 없다. 무심코 자연스럽게 하게 된다. 남을 위해서 간절히 기도할 때 비로소 내 마음이 열린다.

누구든 그런 마음을 가지고 있지만 보리심을 내지 않기 때문에 묵혀두고 있다. 그래서 선행도 평소 연습과 습관이 필요하다. 선행도 습관이 되어 자주 하다 보면, '한다는 마음'도 '나'도 없어지고 개체로부터 전체로 도달함을 만날 수 있다.

생사와
열반

참선, 간경, 기도 등 불교 공부를 하는 사람들의 가장 큰 문제는 시끄러운 곳을 버리고 고요한 곳을 찾는 일이다. 이 문제에 대해 대혜종고 스님은 이렇게 지적했다.

"실상 즉 진리의 모습이 이 세상을 버리고 어디 따로 있겠는가? 이 세상 그대로가 실상이다. 세상을 깨뜨려서 실상을 구하다니, 생멸(生滅)이 적멸(寂滅)이고 적멸이 생멸이다. 적멸을 알려면 생멸에서 보라고 했다. 또한 생사와 열반은 하나다. 열반을 찾으면 생사 속에서 찾아야 한다. 생사를 버리고 따로 열반은 없다."

생사와 열반은 바로 우리 삶의 현장이다. 우리가 살아가는 하루하루 삶이 생사와 열반을 반복한다. 생사를 열반으로 만드는 것이 바로 불교 공부의 핵심이다.

기도가
_____ 필요한 시간

우리는 늘 어쩌지 못하는 상황들을 겪으며 산다. '대체 내가 무슨 잘못을 했다고, 나에게 이런 일이 일어나는가'라며 당시에는 낙담할 수밖에 없겠지만, 결국 이 모든 것을 품고 견디며 사는 게 인생이라는 것을 뒤늦게 깨닫기도 한다.

모든 이별에는 시간이 필요하다. 상실의 아픔을 감내하고 삶의 일부로 수용하려면 어느 정도 시간이 흘러야 한다.

세상 모든 영화가 해피엔딩이 아니듯 우리네 삶도 늘 행복하고 즐거울 수만은 없다. 불행하고 우울하고 슬픈 것도 또 다른 삶이다. 그래도 산 사람은 살아야 한다. 그저 받아들이고 수용하면서 살아갈 수밖에 없다.

이럴 때는 조용히 나를 반조해보는 기도의 시간이 꼭 필요하다. 하루에 10분이라도 좌복에 홀로 앉아, '나는 누구인가? 어떻게 살 것인가?' 묻고 또 물어보라. 꾸준히 반복해서 하다 보면 어느 순간 툭 터져, 번뇌가 사라진 공(空)이 답할 것이다.

힘을 얻는
자리

화두를 참구할 때 '화두가 안 된다'라는 생각이 들 때가 있다. 사실은 그때가 공부가 잘 되어가는 때이다. 화두가 정말로 안 되는 사람은 화두에 대한 생각조차 없다.

화두 참선을 하는데 안 된다는 것은 계속해서 애쓰고 있는 것이니, 이때는 반드시 된다. 운개일출(雲開日出), 구름이 걷히면 해가 드러난다. 그러니 안 된다는 생각조차 비우고 오직 화두를 믿고 밀고 정진해나가야 한다. 대혜 선사는 『서장』에서 이렇게 강조하고 있다.

"생소한 곳은 익숙하게 하고, 익숙한 곳은 생소하게 하라."

초심자가 처음 참선을 시작하면, 화두는 생소하고 번뇌망상은 익숙하다. 그러나 화두가 익숙해지면 망상은 가볍고 낯설어진다. 익숙했던 분별과 망상이 걷히면 본래부처가 드러나는 것이다.

화두가 생활화되고 익숙해지면, 힘을 들이지 않아도 문득문득 화두가 절로 잡힌다. 몸도 마음도 가벼워지고 밝아지며 일상 삶에서 지혜가 드러난다. 그때 그 자리가 바로 '힘을 얻는 자리'이다. 이제 비로소 공부가 자리 잡기 시작되었다고 할 수 있다.

무슨 일이든
힘든 고비가 있다

지금껏 살아오면서 얼마나 많은 일들을 뜸도 들기 전에 그만두고 내팽개치고 말았던가. 모처럼 큰 마음을 내어 애쓰다가도, 갖은 핑계를 대며 도중하차해버린 일이 얼마나 많았던가.

경을 볼 때도 기도를 할 때도 봉사를 하고 남을 도울 때도 수없이 중간에 그만두고 말았다. 무슨 일이든 힘든 고비가 있다. 그때마다 그 고비와 역경을 슬기롭게 넘으면, 의지력과 지혜가 발현되고 안목이 열린다.

농부들은 춘하추동 사계절 질서 속에서, 참고 인욕하며 기다릴 줄 안다. 자연과 흙을 믿기 때문이다. 우리의 정진도 나와 부처님을 믿고 꾸준히 수행하다 보면, 이윽고 맑고 청정한 나를 만날 수 있다.

객 대접과
──────── 인복 짓는 법

평소 존경하는 지리산 진귀암의 심우 선사께서 무명옷 다려 입고 산 넘고 강 건너, 국사봉 보문사 보문선원 개원을 축하해주시기 위해 친히 오셨다. 시대를 앞서가는 품격 있는 선원을 지었다고 격려하시면서 본인 일처럼 좋아하셨다. 오랜만에 선사의 모습을 가까이서 뵈니, 괜시리 가슴이 멍해지고 지나간 20여 년 세월이 영화의 한 장면처럼 스쳐간다.

　심우 선사는 일찍이 10대 중반에 계룡산 신흥암에 발심 출가하여 당대 선지식 춘성 노사와 구산 방장을 오랫동안 지근에서 시봉하였다. 이후 전국 제방에서 눈물겹게 공부했으며 특히 태백산 동암에서 공부에 견처가 있었다고 널리 알려졌다.

　그 후 30대 초반에 부산 광안리에 화엄사를 창건하여 뭇 운수납자들의 시봉을 지성으로 모셨으며, 나는 그 시절 선사를 친견하면서 인연이 시작되었다. 화엄사 시절, 해제만 되면 수많은 운수납자들이 모여 선사의 시봉을 받았고 은연 중 중노릇하는 법과 공부를 점검받기도 했다.

심우 선사는 화엄사 10년 만에, 어느 날 지리산 산청 깊은 산골에 진귀암 무문관을 창건하여 20년 넘게 수많은 운수납자를 시봉 제접하고 있다. 나도 한때 과로로 쓰러져 힘든 시절을 보내고 있을 때, 선사의 부름을 받고 몸과 마음이 정상으로 회복된 적이 있다.

심우 선사는 비록 고준한 법문 한마디 않고 구성진 염불을 하지 않더라도, 인성이 착하고 덕스러운 분이다. 모두가 힘들고 가난한 시절 객스님들에게 손수 밥을 지어 수십년간 밥상을 올리고 한결같이 편하게 모시며, 그 화두 하나로 몸을 던졌다.

세월이 흘러 심우 선사의 마음 씀씀이가 고준한 상당법문보다 더 뭇 중생을 감동시키고, 절 인심은 어떤 염불 소리보다 지리산을 울린다. 그래서 주변에는 항상 눈 푸른 납자가 구름처럼 모인다. 나 또한 객 대접과 인복 짓는 법을 배웠다. 내가 오늘날 보문선원을 개원하고 객스님을 시봉할 수 있는 것은 그 무언의 가르침이 있었기에 가능했다.

달라이 라마 스님은 어떤 종교보다 위대한 것은 친절이라고 말씀하셨다. 또 평생을 헌신과 봉사의 삶을 살았던 테레사 수녀는 친절이란 말은 짧지만 울림의 메아리는 영원하다고 했다.

낭만이 사라진
_____ 추억의 지대방

선원의 지대방은 스님들의 휴식공간이자 다실(茶室)이다. 승복을 다리고 깁던 공간이며, 때때로 젊은 선사들이 주먹다짐도 하며 힘자랑도 은근히 펼쳐지던 제2의 수행공간이다.

1980년대까지만 해도 선원의 지대방은 낭만과 애환이 서려 있는 곳이었다. 예전에는 개인 방사가 없어 전 대중이 지대방으로 모여들게 되었고, 이따금 법거량도 벌어지고 중노릇도 배우는 공간이었다. 차담을 나누며 구참 납자들의 수행담과 무용담도 듣지만, 당시 조실이나 선지식들의 가르침과 법거량을 직간접적으로 들으며 신심과 발심을 분출하는 현장이었다. 또한 전국 제방의 소식도 듣고 절집의 인심도 공유할 수 있어 산철 만행 중 큰 도움이 되었다.

내가 젊은 날 주로 살았던 망월사, 봉암사, 해인사 선원도 전 대중이 지대방 하나를 사용했다. 그 지대방 안에는 개인 사물함이 있는데, 공간이 너무 작고 협소해 불편함이 많았다. 어떤 선원은 그나마 사물함이 부족하여 라면박스로 대신했다. 그러나 비록 공간은 협소했지만 대중끼리 대화도 통하고 소통도 잘 되었다.

그러다보니 아무리 대중이 많이 모여 살아도, 한 철만 함께 지내면 대중들의 신상을 훤히 알게 된다. 고향이 어디고 학교는 어디 나왔으며 왜 출가했는지를 다 외울 수 있었다. 좁은 지대방 에서 차담을 나누고 모든 잡일도 처리하며 부대끼다 보면, 쉽게 친해지고 전우애처럼 끈끈한 정도 쌓이게 마련이다.

1990년대 접어들며 선원에 개인 방사가 생기더니, 지금은 몇몇 선원을 제외하고는 개인 방사를 하나씩 제공하고 2인 1실 의 방사도 소멸되어가고 있는 중이다. 선원에 1인 1실의 방사가 없으면 선사들도 방부를 넣지 않는 형편이니, 선원도 시대의 변 화를 역행할 수 없는 것이다.

1인 1실의 선원은 분명히 장점이 많은 것도 사실이다. 개인 적인 시간에 여유가 있고, 여선에는 어록과 경전도 볼 수 있다. 요가 혹은 법문도 들을 수 있고, 정진시간도 개인 취향에 따라 적 절히 분배해서 가까운 인연들과 차담을 나눌 수도 있다.

그러나 선원의 1인 1실 문화는 중노릇을 여법하게 배우고 인간관계를 형성하는 데는 정과 낭만이 메마르게 된다. 선후배 가 함께 지대방에서 흉금을 터놓고 뒹굴다보면, 서로 개인 신상 도 터놓게 되고 화두는 누구한테 받았고 공부는 어느 정도 되었 는지도 가늠하게 된다. 또한 해제 후 만행과 다음 철 방부도 서로 소통할 수 있다. 특히 구참들과 어울리다 보면 중노릇과 공부 지어가는 방법을 여법하고 섬세하게 배우게 된다.

　여하튼 제방선원도 각방이 주어지면서 많은 변화가 생겼다. 예전엔 지대방에서 할 일을 이젠 홀로 각방에서 스스로 해결하고 있다. 추억과 낭만의 지대방은 현재도 선원에 남아 있지만, 가끔 차담을 나누거나 공지사항을 전하는 공간으로 활용될 뿐이다. 왠지 허전하고 쓸쓸한 느낌이 밀려오며, 중노릇의 산실인 예전 지대방의 웃음소리가 너무도 그리워진다.

중생과 부처가
다르지 않고

산은 높고
물은 차도다.

팔만사천 다름이
모두 진리를 드러내고

소쩍새 우니
온갖 꽃이 새롭도다.

만행

수행자에게 '만행(萬行)'은 삶이며 벗이다. 해제가 되면, 어딘가로
'인연 따라 구름 따라 물 따라' 행각하면서 도를 구하는 것을 만
행이라 한다.

어디론가 떠나고 싶은 바람은 우리 안에 각인돼 있으며, 인
류 문명사는 떠남의 역사라고 해도 무방하다. 삶의 터전을 잠시
떠나 낯선 곳에서 이방인들과 조화를 이루는 것도 의미가 있다.

만행 중 낯선 길에서 한 걸음 뗄 때마다 만나는 새로운 사
람과 풍광은 진정한 나의 삶과 역사가 된다. 그런 과정에서 항상
'새로운 나'를 발견하고 마주치기 때문이다. 그래서 나는 만행을
떠날 때 사전에 별 정보 없이 떠난다. 알고 떠나면 궁금증이 덜하
고 신비로움이 사라져 만행의 설렘이 줄어든다. 백지상태의 천
진무구한 마음이 되어야, 본질을 보고 만날 수 있다.

만행은 대개 '떠난다'고 표현한다. 그러나 나는 만행은 '떠나
는 것'이 아니라 '찾아가는 일'이라는 생각이 든다. 내게 익숙하
지 않은 미지의 다른 세상을 찾는 것이며, 잃어버린 나를 찾는 것
이다.

만행 길의 수좌는 반드시 선방으로 되돌아온다. 만약 되돌아갈 곳이 없다면 만행이 아니라 방황일지도 모른다. 행여 만행 길에 하염없이 방황하고 있다 해도 낙담할 이유가 없다. 방황이 끝날 무렵 새로운 목적지를 향하여 걷고 있는 자신을 발견한다면, 훗날 그 방황은 꽤 소중하고 특별한 만행으로 기억될 것이다.

나는 젊은 수좌 시절, 국내 만행은 차고 넘칠 정도로 원 없이 했다. 그러나 해외 만행은 거의 전무하다. 만행은 호기심과 용기가 절대 필요한데, 돌이켜보면 나는 해외 만행에 대해선 호기심과 용기가 부족했던 것 같다.

한 달 전 동안거 해제 후, 보름 가까이 인도 만행을 다녀왔다. 감기몸살과 음식 등으로 좀 힘들었다. 그런데 그 인도 만행이 너무 그리워진다. 만행은 떠남이 아닌 잃어버린 나를 찾는 수행이다. 그리고 다음 공부를 재검하는 발심의 기회이다.

불멸의
_____ 선사

석봉 선사를 생각하면, 늘 가슴이 먹먹하고 애리다. 내가 출가한 이래, 그토록 정진에 애쓰다 가버린 선사는 일찍이 본 적 없다. 한마디로 짧고 굵게 살다 가버린 가을 낙엽 같은 선사였다.

　내가 석봉 선사에 대해 처음 이야기를 들은 것은 1980년대 후반이다. 석봉 선사의 사형 되는 법웅 선사로부터였다. '이런 독종 사제가 있다'며 '비록 독종이지만 물건이니, 한번 주의 깊게 살펴보라'는 것이다.

　그 후 석봉 선사를 잊고 살다가, 고운사 금당선원 100일 용맹정진 때 함께 방부를 들여 드디어 만나게 되었다. 선사는 묵언 중이었고 일종식을 했다. 첫인상은 듣던 대로 깡마르고 독종처럼 비쳐졌다. 그러나 인상은 날카로웠지만 눈빛만은 맑고 영롱했다. 당시 입승은 도반인 법웅 선사였고, 고운사 주지는 근일 선사였다.

　나는 용맹정진 와중에도 석봉 선사를 눈여겨보았다. 하루 한 숟가락 공양으로 공부에 애쓰는 모습을 보면, 말로 표현할 수

없이 가슴이 아팠다. 그때 전 대중이 하루 20시간을 좌복에 앉아 100일간 용맹정진을 했는데, 석봉 선사가 유달리 가볍고 깊게 앉아 있었다. 경책도 가장 자비스럽게 했던 기억이 아직도 생생하다.

한국불교사에 길이 남을 불멸의 용맹정진을 원만히 회향한후, 5년이 지나 석봉 선사를 다시 봉암사에서 만났다. 얼굴은 많이 편해 보였지만 정진은 오히려 더 치열하게 했다. 하루 한 숟가락 공양과 장좌불와로 대중을 감동 발심시켰다.

그는 해제 후 봉암사를 떠났고, 여전히 전국 제방선원에서 불멸의 수좌로 명성을 떨쳤다. 그러던 어느 날, 어느 토굴에서 단식으로 좌탈입망했다는 비보를 바람결에 들었다. 그 소식을 듣고 나는 밤새 울었다. 그는 가을 낙엽이 되어 떠나갔지만 내 기억과 가슴 속에는 불멸의 선사로 영원히 살아 있다.

수좌들의
천국

성철 스님은 한국불교 근현대사에서 경허, 만공스님 이후로 가장 족적을 화려하게 남기신 분이다.

나는 다행히 인연이 있어 젊은 날 수년간 가야산 해인사에서 성철 스님을 모시고 살았다. 그 당시 80년대의 해인사는 대중스님들이 500명이나 되었고, 행자님들이 후원에 항상 30명은 상주했다.

현당과 관음전에는 시도 때도 없이 학인스님들의 경전 독송 소리가 메아리치고, 선열당, 퇴설당, 조사전에는 눈 푸른 선사들의 용맹정진 죽비소리가 가야산을 울렸다.

산중에는 성철 선사를 비롯하여 혜암, 일타, 법전, 현호, 영월, 지효, 달산 노스님이 상주했고, 선원에는 적명, 보광, 무여, 효광 선사 등이 계셔 혜인총림의 가풍을 이었다.

당시 성철 스님께서는 백련암에 상주하시면서 한 달에 두 번 정도 정기적으로 상단법문을 하셨다. 이따금 소참법문도 하셨고 수시로 대중을 경책하시면서 자비도 베풀었다.

성철 방장스님께서 대중선방에 오셔서 스쳐만 가도 공부에 큰 울림을 주었다. 그로 인해 많은 납자들이 발심과 분심으로 공부에 진전이 있었다. 당시 해인사는 문중 관념이 없었고 누구나 선원에 방부을 들이면 주인 노릇을 할 수 있었다. 한마디로 수좌들의 천국이었다. 선사로 살아온 기개들이 출중하여 살림 사는 사판들을 우습게 알았으며, 혹여 주지 가는 것을 대부분 부끄럽게 생각하고 있었다.

특히 성철 노사는 늘 선사들 편에 서서, 살림 사는 스님들에게 선사들을 잘 모시라고 간곡히 부탁했다. 혹여 선방과 사중이 다툼이 있으면 선방에 힘을 실어주었다. 그래서 해인사 소임자들은 선사들을 잘 보필하고 존경하여 받들었다.

세월이 흘러 돌아보면 성철 스님을 모시고 살았던 그 시절이 한국불교의 전성기가 아닌가 생각이 든다. 개인적으로도 음으로 양으로 중노릇의 기반과 기초가 다듬어진 가장 아름다운 시절이었다.

성철 스님, 그 위대한 선사는 낙엽이 되어 떠나갔지만, 선사의 행적과 위대한 가르침은 봄날의 화사한 벚꽃이 되어 지금 피어나고 있다. 이 아름다운 봄날 부디 제2, 제3의 성철이 탄생하길 고대해본다.

자자,
아름답고 여법한 해제 의식

어제 보문사 보문선원에서는 계묘년 동안거 회향 자자(自恣)가 있었다. 이 자자는 대개는 해제 전날 저녁에 하는 것이 원칙이지만, 시민선원 특정상 미리 앞당겨 소참법문을 겸해서 앞당겨했다.

자자란 지난 3개월 안거 중 보고 듣고 잘못한 점을 대중에게 고백하고 참회하는 시간이다. 그리고 대중들께서 내가 잘못한 바를 지적해주시면 참회하고 고치겠다고 서원하는 선원에서 전통적으로 내려오는 아주 아름답고 여법한 해제 의식이다.

예전에는 자자 중 대중들 사이에서 다투는 일이 비일비재했다. 그러나 요즘 자자는 남의 허물을 지적하기보다는 자기 잘못을 참회하는 경향으로 흐르고 있다. 그래서 요즘 자자할 때 보면, 대중들 때문에 잘살았으며 앞으로는 더 열심히 정진하겠다는 다짐이나 덕담을 주로 하고 있다.

1980년대 말까지만 해도 전국 제방선원에서는 조실스님이나 방장스님이 입승(立繩, 선원에서 대중의 기강을 맡은 소임)을 지명하거나 천거해서, 입승이 선원의 모든 권한을 갖고 책임지고 집행하며 감독하도록 했다. 이때는 입승이 대중공사를 통해 참회 혹은 퇴방을 결정하기도 했다. 최종적으로 조실스님의 승낙을 받는 경우도 있지만, 대부분 입승스님이 결정권을 가지고 있었다. 그래서 안거 중 대중끼리 다툼이나 허물이 크게 드러나도 평대중은 지적할 수 없었다. 하지만 교구본사 제도가 정착되면서 각 본사마다 유나 혹은 선원장 제도가 생겨, 입승은 선원장을 보좌하는 직책으로 축소되고 말았다.

선원에 살다보면 내 허물과 잘못은 보이지 않지만 다른 대중들의 허물은 잘 보일 때 가 있다. 그럴 때는 남의 잘못과 허물을 나의 잘못과 허물로 받아들여야 한다. 그렇지 않고 그것을 지적하면 안 된다. 모든 것을 입승스님에게 부득이 말씀드리고, 입승스님을 통해서 통제하고 개선되어야 탈이 없다. 평대중은 대중공사나 자자를 통해서 말할 수 있지만, 평소에는 남의 잘못을 지적하고 비판할 수 없다.

우리 보문사 보문선원 특히 재가자 선원(시민선원)은 오랜 구참보다는 신참들이 많아, 이런 전통적으로 내려오는 아름다운 풍습과 관례들을 평소 소참법문과 일요법회를 통해 간간이 설명해 주고 있다.

아무튼 계묘년 동안거 해제가 목전에 다가오고 있다. 그동안 신명을 받쳐 화두 일구에 목숨을 던져 공부하신, 입승 대원각 보살님을 비롯한 100여 분의 재가자 선원 불자님들께 다시 한번 감사의 인사를 드린다.

서둘러 청산으로
─────── 돌아오너라

1980년대 중반 여름 해제 후, 선후배 도반 선사들과 어울러 다니면서 운수를 즐기던 시절이 있었다. 대구 삼덕동 관음사 객실에서 하룻밤 신세를 지고 원명 주지스님께 인사를 드리러 갔다. 그때 응접실에 걸려 있던 글을 보고 깊은 충격에 휩싸였다.

> 오랫동안 티끌 속에 묻혀 지내느라
> 본래의 일을 까맣게 잊었으니,
> 어서어서 온갖 일 걷어치우고
> 서둘러 청산으로 돌아오너라.

이 글을 보고 나는 깜짝 놀라 다시 마음을 추스르고, 해인사 퇴설당 선원에 들어가 화두 참구에 온몸을 던졌다.

산에는 모든 생명이 깃들며 청정한 수목이 자라고 계곡물이 하염없이 흐른다. 새들이 노래하며 청량한 바람이 감돈다. 그리고 그곳에는 영롱한 별빛과 달빛 아래 천년고찰이 즐비하고,

늘 깨어 있는 서릿발의 선사들이 청춘을 불사르며 좌복에 앉아 있다.

설사 인연 때문에 시끄러운 저잣거리에 머물지라도, 수행자는 그의 고향인 산과 숲을 등지지 말아야 한다. 때때로 산과 숲에 돌아와 때를 벗길 줄 알아야 한다.

오조 홍인 선사는 "훌륭한 건물의 재목은 심산유곡에서 나온다"고 했다. 그 나무는 처음부터 빼어난 재목이 아니었다. 인가에서 멀리 떠나 있었기에, 톱이나 도끼의 해를 입지 않고 큰 재목이 되었다.

정신을 깊은 골에 숨기고 그 생명을 그윽한 산중에서 기른 것이다. 이와 같이 해야 도(道)의 나무에서 꽃이 피고 선(禪)의 숲에서 열매가 맺힌다. 세속에 물들면 본래의 빛이 바라는 것이다.

3장

와서 보라!
그리고 질문하라!

"성철이가 아는 불법
_____ 아무것도 아니다"

향곡은 성철의 권유로 봉암사 결사에 뒤늦게 참여했다. 성철이 향곡에게 편지를 보냈다.

"봉암사에서 함께 공부하자. 만일 오지 않으면 토굴에 불을 지르겠다."

향곡은 편지를 받고 묘관음사를 나와 희양산 봉암사로 곧바로 갔다. 어느 날 성철은 향곡에게 의미 있는 물음을 던졌다.

"죽은 사람을 완전히 죽여야 바야흐로 산 사람을 볼 것이요, 죽은 사람을 완전히 살려야 바야흐로 죽은 사람을 볼 것이다'는 말씀이 있는데, 그 뜻이 무엇인지 알겠는가?"

즉 '대사각활(大死却活)'을 통해 진정한 자유를 누려 보았느냐'는 물음이다. 향곡은 성철의 질문에 꼼짝하지 못하고 21일 용맹정진 끝에 멋진 오도송을 토했다.

홀연히 두 손을 보니 전체가 살아났네.
삼세의 불조들은 눈 속의 꽃이요

천경만론이 모두가 무슨 물건이었던고.

이로부터 불조들이 모두 몸을 잃었도다.

봉암사의 한 번 웃음 천고의 기쁨이요

희양산 굽이굽이 만겁토록 한가롭네.

내년에도 또 있겠지 둥글고도 밝은 달

금풍이 부는 곳에 학의 울음 새롭구나.

향곡은 정진하던 암자에서 내려와 도반 성철을 찾아갔다.

"이제 성철이가 아는 불법 아무것도 아니다. 내가 바른 법을 알았다."

이때부터 성철과 향곡은 법의 기봉을 다투었다.

참선 공부를 하는 사람은 반드시 죽음 속에서 살아나야 하며, 이를 통해 자재무애를 이룰 수 있다. 일단 거짓된 나를 죽여야, 비로소 참나가 살아나는 것이다.

깨달은이의
_____ 안목

예나 지금이나 고봉 선사의 『선요』를 늘 곁에 두고 읽고 있다. 특히 30여 년 전 대자암 무문관 시절, 『선요』는 쓰러져가는 나를 일으키는 아름답고 소중한 죽비였다. 『선요』의 한 구절이다.

> 나와 너를 함께 잊어버리고
> 마음과 의식의 길이 끊어지면
> 걸음을 걸을 때마다
> 큰 바다가 너울너울 춤을 추고
> 손가락을 퉁길 때마다
> 수미산이 높이 솟는다.
> 진흙과 흙덩어리는 대광명을 놓고
> 박과 호박은 기세 좋게 언제나 법을 설한다.

주관과 객관을 분별하는 마음이 다 없어지고, 존재를 인식하는 의식의 뿌리가 다 끊어진 경계를 지나면 새로운 세상이 다가온다. 절대 부정을 거치고 나서 절대 긍정에 이르면, 존재와 비존재가 조화를 이루어 원융무애하고 자유자재한 중도의 세계가 드러난다.

곧 산은 산이 아니고 물은 물이 아닌 경계를 지나, 산은 그대로 산이고 물은 그대로 물인 절대 긍정의 세계가 도래한다. 이 경지에 이르면 발걸음 들 때마다 푸른 바다 너울너울 춤을 추고, 손가락 튕길 때마다 수미산이 더욱 높이 솟구친다. 그때마다 흙덩어리 방광하고 표주박이 설법한다. 눈을 뜬 사람, 깨달은 사람, 절대 긍정에 이른 사람의 안목은 이렇게 드러난다.

장님의
——————— 등불

어느 날 장님이 이웃 마을에 사는 친한 친구 집에 놀러 갔다. 해가 저물어 집으로 돌아오려고 일어서니 친구가 등불을 주었다. 장님은 웃으면서 말했다.

"나는 낮이나 밤이나 똑같으니, 이 등불이 소용없다네."

이에 친구가 답했다.

"자네가 이 등불을 가지고 가면 다른 사람들이 피해서 갈 거네. 어서 들고 가시게."

장님은 친구가 준 등불을 가지고 가다 얼마 못 가서 다른 사람과 부딪치고 말았다. 장님이 말했다.

"여보시오. 이 등불이 보이지 않소."

행인이 답했다.

"당신은 지금 꺼진 등불을 들고 있소."

우리는 의외로 꺼진 등불을 들고 있는 사람이 많다. 꺼진 등불을 가지고 남을 가르치고 지도하려고 하는지 돌아볼 필요가 있다.

　보편적인 진리는 항상 대중과 함께 공유하고 공감해야 한다. 만약 그렇지 않으면 자기 안에서만 이해되고 세상과 불통하는 꺼진 등불이다. 우리가 참선하고 기도하며 수행하는 것은 깨달음을 세상에 회향하기 위해서이다.

마음은 나이를 먹지 않습니다
늙지도 죽지도 않습니다.

마음이란
나 자신이기 때문입니다.

어떻게 마음을 가꾸느냐에 따라
늙은 나가 있고
젊은 나가 있을 뿐입니다.

진정한
_____ 청춘의 삶

젊은 시절 삶을 배우듯 나이 들어서는 죽음을 배워야 한다. 죽음에는 노소가 없으며 언제 내 차례가 올지 아무도 가늠하기 힘들다.

자연에 사계절이 있듯 생로병사는 순환의 질서이다. 이러한 순환의 흐름을 두려워하고 거부해서는 노년의 품격을 잃는다. 노년의 품위를 잘 유지해야 품격 있는 죽음을 맞이할 수 있다.

나이가 들면 내면을 바로 돌아보고, 이웃에게 짐이 되지 않고 도움을 주는 아름다운 마무리를 준비해야 한다. 그러기 위해선 순환의 질서를 온전히 받아들이고 여유와 아량으로 죽음까지도 맞아주는 열린 마음이 필요하다. 이것이 바로 지혜이고 수행이다.

성숙한 삶이야말로 푸릇푸릇 살아 있는 진정한 청춘의 삶이다. 화두를 가슴에 안고 맑고 청정한 몸과 마음으로, '삶과 죽음이 본래 없다'는 불조의 가르침을 분명히 기억해야 한다.

인간의 뜰은
_____ 덕이다

자기 자신과 가족을 사랑하고 보살펴주는 것은 동물과 미물도 할 수 있다. 인간이기 때문에 타인까지도 사랑과 자비로 살펴야 한다.

덕은 자기희생과 상이 없는 보살행으로 발현된다. 덕행은 영혼의 숭고하고 정갈한 꽃이며 디딤돌이다. 하지만 사람들은 덕을 쌓으려 하지 않고 눈앞의 이해관계에만 급급하고 집착한다. 남을 살핌으로써 자기중심적인 아집과 편견에서 자유로워지고, 닫힌 내가 열린 우리로 태어날 수 있다.

내 마음의 번뇌가 사라지면 열린 세상과 하나가 된다. 마음이 열려야 중생 속에 잠든 불성이 깨어나며, 우리들 마음속에 부처님을 만날 수 있다.

선이란
_____ 무엇인가

선이란 밖에서 얻어들은 지식 이론으로서가 아니라, 자신의 구체적인 체험을 통해 스스로 깨닫는 일이다. 객관적인 이해가 아니라 철저한 참구를 통해 직관적으로 파악하는 것이다. 철저한 자기 반조와 응시를 통해, 자기 안에 잠들어 있는 무한한 창조력과 불성을 일깨우는 수행이다.

이 광대무변한 불성이 자비라는 온도와 지혜라는 물결로 이웃과 생명들에게 발현될 때, 선은 일상의 삶에서 살아 움직인다. 선이 인류의 행복과 진리의 길을 제시하지 못한다면 죽은 불교, 죽은 구두선(口頭禪)이 되고 만다.

요즘 선방에는 앉아 있는 좌불은 많아도, 자비와 지혜를 나누는 살아 있는 선사는 드물다. 선이 절집과 선방 안에서만 통용된다면 창고 속에 갇힌 것이나 다름없다. 선은 창고 속에서 뛰쳐나와 인간의 거리에서 창조적인 자비와 지혜를 실천해야 한다.

지혜로운 사람은
자기 자신을 다룬다

물 대는 사람은 물을 끌어들이고
활 만드는 사람은 화살을 곧게 한다.
목수는 재목을 다듬고
지혜로운 사람은 자기 자신을 다룬다.

『법구경』에 나오는 말씀이다. 수십 년을 절이나 교회에 다녀도 내면의 자기를 들여다보지 않고 입으로만 부처님과 하나님을 부른다면, 깨달음은 요원한 꿈이 되고 만다.

자기 자신의 내면을 살피지 않는 종교와 가르침은 자칫 맹신의 그물에 걸리기 쉽다. 지금 세상에 존재하는 모든 종교는 선각자의 명상과 수행을 통해 이루어진 것이다. 명상 참구를 하지 않고 종교를 만나는 것은 허공의 달을 잡는 격이다.

명상과 참선은 시간과 공간을 넘어 나를 침묵의 세계로 안내한다. 그 침묵의 선정 삼매를 통해 지혜와 사랑이 움트고, 맑고 청정한 무아의 세계가 펼쳐진다. 내가 없는 무아의 세계가 시공을 초월해 푸른 강물이 되어 쉼 없이 흐른다.

불교는 자기로부터 시작해 타인과 세상과 하나가 되는 가르침이다. 자기에 머물러 있으면 불교가 아니다. 한 마음이 청정하면 온 법계가 청정해진다.

수행의
현장

우리가 경전을 독송하고 참선하고 기도하는 의미는 무엇인가?
옛 어른들의 지혜로운 삶을 통해 오늘의 나 자신을 비추기 위해
서이다. 만약 내 삶에 투영되지 못한다면, 간경과 수행은 한낱 지
식과 형식으로 전락하고 만다. 그런 지식과 알음알이는 얼마든
지 어디서나 배우고 익힐 수 있다.

수행자의 삶은 나날이 배우고 익히는 일이다. 그 수행의 현
장은 현재의 삶과 하나가 되어 이어져야 한다. 아무리 경전을 독
송하고 기도하며 화두를 든다 해도 삶에 어떤 변화나 향상이 없
다면, 그는 숨 쉬는 송장이나 다름없다.

경전에 나오는 아난, 수보리, 사리불, 가섭 존자 등이 부처님
당시 생존했던 인물로만 생각해서는 안 된다. 그들을 나 자신으
로 비추어보고 수행할 때, 경전과 화두는 살아 있는 법문으로 내
영혼에 메아리칠 것이다.

수행은 현재의 삶이다. 삶은 무상하다.

번뇌
—————— 즉 보리

가히 명상이 대세다. 길거리에서도 명상센터가 종종 눈에 들어온다. 명상은 내면이 청정하면서 충만해지는 것이다. 그러기 위해선 맑고 고요한 자신의 내면을 무심히 들여다보는 연습과 습관이 꼭 필요하다.

산다는 것은 한편으로 죽음을 향해 다가가는 것이다. 죽음을 두려워할 것이 아니라 점점 녹슬어가는 삶을 경계해야 한다. 맑고 청정한 삶을 이루려면 때론 홀로 있는 시간을 공유해야 한다. 사람은 홀로 있을 때 순수하고 담백해진다. 이때 자기를 고요히 들여다보는 명상의 문이 다가온다.

명상은 본래 자기 자리로 들어가는 공부다. 명상은 절이나 선방 혹은 명상센터에서만 하는 것이 아니다. 일상의 삶에서 늘 점검하고 살펴야 한다. 마음을 활짝 열고 때때로 '나는 누구인가'를 묻고 물어야 한다. 이러한 습관과 훈련이 쌓이고 쌓이면, 필경에는 겹겹이 얽혀 있는 번뇌망상이 보리(菩提, 깨달음)로 드러난다. 그래서 옛 조사들은 '번뇌 즉 보리'라고 누누이 설파했다.

기도의
_____ 이유

기도는 삶을 재충전하고 몸과 마음을 청정하게 하는 아름다운 시간이다. 자기의 본래 청정한 마음을 고요하게 들여다보며, 어떻게 살았으며 어떻게 살 것인가를 궁구하는 참회와 발원의 숭고한 시간이다.

기도의 여유가 없는 사람은 삶이 고독하고 시들해진다. 기도의 시간은 자기를 정화하고 텅 빈 마음으로 돌아가는 맑고 고요한 순간이다. 기도하는 동안 아무런 잡념 없이 자신을 한결같이 들여다보면, 시들해졌던 삶에 생기가 나고 맑은 기운이 찾아온다.

기도할 때 원과 꿈이 없으면 가치의식이 뒤바뀌고 선 자리가 흔들리며 무너진다. 그래서 그때는 반드시 원을 세워 기도해야 지혜와 용기가 생긴다. 추상적이고 관념적인 서원이 아닌, 구체적인 원을 세워 기도하고 실천하면 청정한 나를 만들 수 있다. 기도는 새로운 나와 세계를 만나는 기적 같은 시간이다.

대립과 투쟁의
_____ 세계

현실세계는 상대적인 대립의 연속이다. 옳음과 그름, 있음과 없음, 괴로움과 즐거움, 나와 너 등이다. 이들은 서로 상극이며 투쟁의 세계이다.

우리는 평화의 세계를 목표로 살아가고 있다. 그러나 양극과 양변의 세계에서 평화의 길은 요원하다. 참다운 평화의 세계와 진정한 자유를 얻으려면 양변을 과감히 버려야 한다.

양변을 모두 여의면 두 세계가 한꺼번에 비추게 된다. 동시에 다 같이 비추면 서로 통하게 된다. 옳고 그름, 선과 악, 괴로움과 즐거움 등 모든 상대적인 것들이 대립을 멈추고 통하는 것이다. 그것이 바로 둘이 아닌 불이법문(不二法門)이요, 중도(中道)이다.

한
생각

얼굴은 업(業)의 표상이고, 음성은 영혼의 메아리이며, 눈은 지혜의 안목이고, 귀는 우주의 속삭임이다. 지금 내가 하루하루 지어가는 언행이 별것 아닌 것 같지만, 그것들이 모이고 모여 운명이 되고 삶으로 피어난다.

먼 것은 가까운 것이 쌓인 것이고, 뜻은 마음이 가는 곳으로 모인다. 시간도 눈앞의 순간들이 쌓이고 쌓여 유구한 역사가 된다. 순간순간 마음이 쌓이면 그것이 뜻과 원력, 꿈으로 이루어진다.

오로지 지금 원력을 바로 세우고 꾸준히 연공(連功)하다 보면, 반드시 도업을 이루고 광도중생(廣度衆生)할 수 있다. 한 생각이 무량겁(無量劫)을 만들고 무량겁이 한 생각에서 나온다.

생겨나지도 사라지지도 않는 이것은
정작 내 안에 있었던 것입니다.
본래 내가 가지고 있던 것입니다.

깨달음이란 구하는 것이 아니라
단지 본래 가지고 있는 것을
발견하고 기억하는 일입니다.

이 사실을 이제야
알아차리게 되었습니다.

풍번문답

오래전부터 내려오는 선불교의 유명한 일화가 있다. 풍번문답(風幡問答)이다.

바람에 나부끼는 깃발을 보고 한 사람은 '깃발이 움직인다'고 하고, 또 다른 사람은 '바람이 움직인다'며 입씨름을 벌이고 있었다. 이들의 말을 듣고 있던 혜능 선사는 이렇게 말했다.

"깃발도 바람도 움직이지 않는다. 움직이는 것은 그대들 마음이다."

우리가 실제로 존재한다고 믿고 있는 기쁨과 즐거움, 아픔과 분노 등의 감정도 모두 마음이 일으키는 속임수, 환영(幻影)이라는 사실을 분명하게 깨달아야 한다.

유여열반과
무여열반

'열반(涅槃)'은 산스크리트어 '니르바나(nirvāna)'의 음역으로, 불길이 꺼진 상태를 뜻한다. 바람이 불어서 촛불이 꺼진 상태를 생각하면 된다. 부처님은 갈애가 소멸한 것이라 했다. 즉 갈애가 만들어낸 번뇌의 소멸을 말한다. 또한 탐진치(탐욕·성냄·어리석음)의 소멸이 바로 열반이다.

열반에는 유여열반(有餘涅槃)과 무여열반(無餘涅槃)이 있다. 유여열반은 남은 것이 있다는 의미이다. 부처님은 6년 수행 후에 깨달음을 얻으셨는데, 그때 이룬 열반을 보통 유여열반이라고 한다. 아직 남아 의지할 만한 육신이 있기 때문이다.

연기의 실상을 얻은 부처님은 자비심이 가득한 눈으로 중생의 행복과 평화를 위하여 세상을 바라보았다. 다시 말해 유여열반의 상태에 이른 후, 무려 45년간 길 위에서 중생을 제도하시다가 쿠시나가라 사라쌍수 아래서 열반에 드셨다. 이때의 열반을 더 이상 의지할 것이 없는 완전한 무여열반이라 한다.

무여열반에 들면 다시 태어나지도 않고, 육도를 윤회하지도 않으며, 그대로 완전한 적멸에 든다. 부처님께서는 무여열반에 드시기 전 슬퍼하는 제자들에게 마지막 말씀을 남기셨다.

"그대들에게 할 마지막 말은 이렇다. 모든 것은 변하고 무너지나니 게으름 없이 정진하라. 나는 방일하지 않았으므로 바른 깨달음을 얻었느니라."

허깨비 같은 빈 몸이
곧 법신이로다

그대 보지 못하였는가.

배움이 끊어진 할 일 없는 한가한 도인은

망상도 없애지 않고 참됨도 구하지 않으니

무명의 참 성품이 곧 불성이요

허깨비 같은 빈 몸이 곧 법신이로다.

법신을 깨달음에 한 물건도 없으니

근원의 자성이 천진불이라.

이 글은 『증도가(證道歌)』의 첫머리이다. 나는 아침저녁으로
수십 년 독송하고 있는데, 공부에 큰 도움이 되고 있다. 참됨과
망상의 양변이 완전히 끊어진 자리, 이것이 중도이다.

종일 선방 좌복에
_____ 앉아 있다고

"마음이 거기에 있지 않으면 봐도 보이지 않고, 들어도 들리지 않고, 먹어도 맛을 모른다."

옛 고전 『대학(大學)』에 나오는 말이다. 종일 선방 좌복에 앉아 있다고 견성하고, 새벽부터 밤 늦게까지 도서관에 앉아 있다고 시험에 합격하는 것이 아니다. 얼마나 많은 시간을 보냈는가는 중요하지 않다. 때론 얼마나 열심히 했는지도 중요하지 않다.

성공의 핵심은 초인적인 집중과 몰입이다. 환경에 방해받지 않고 변수에 흔들리지 않는 집중과 몰입이다. 선방도, 직장도, 인생도 단지 오래 버텼다고 우등상을 주지 않는다.

수승한 회상을 ——— 이룬 선사들

돈을 많이 벌고 성공한 사람들의 공통점은 돈만 좇지 않고 사람을 얻기 위해 덕을 쌓는다고 한다. 돈을 벌기에 앞서 성실하게 일했고, 인연을 소중히 여겨 신뢰를 쌓았으며, 사람을 얻으려고 애썼다는 것이다.

그러고 보면 돈은 열심히 좇는다고 해서 벌 수 있는 것이 아니라 자연스럽게 따라오는 것 같다. 그래서 예로부터 돈을 벌기에 앞서 사람의 마음을 먼저 얻으라고 했다.

조선시대 개성 상인들의 경영 철학은 '장사는 이익을 남기기 전에 사람을 남겨야 한다'이다. 사람을 소중히 여기다 보면 돈은 저절로 따라온다는 철학이다.

요즘 돈이 인생의 목표라고 이야기하는 사람이 많다. 그래서 수단과 방법을 가리지 않고 무리하게 돈을 벌려고 애를 쓴다. 돈은 베푼 자에게 당연히 들어오는 것인데, 이 평범한 진리를 잊고 사는 것 같다. 덕을 베푸는 것이 근본이고, 돈을 버는 것은 결과이다.

내가 절에 온 지도 거의 반세기가 다 되어간다. 도량 불사를 하고 회상을 이룬 선사들을 보면, 대개가 보살행으로 무아를 실천한 분들이다. 송담 선사의 용화사, 진제 선사의 해운정사, 수불 선사의 안국선원, 월암 선사의 용성선원, 정념 선사의 월정사 등이다.

이 분들의 공통점도 사부대중을 부처님처럼 모셨기에, 수승한 회상을 만들어 법을 펴고 있는 것이다.

진정한
_____ 자유인

사람은 홀로 사는 게 아니라 수많은 이웃과 함께 한다. 함께 하면서 서로가 배우고 익히는 동안 조금씩 익어가며 성숙한다. 성숙한 사람만이 진정한 어른이고 인간이라 할 수 있을 것이다.

그래서 옛 선사들은 수행자들도 홀로 사는 토굴보다 대중처소에 사는 것이 더 바람직하다고 누누이 강조했다. 자기만 알고 자기만을 위해 사는 사람들은 늘 불행하고 외롭다. 그들의 가슴과 영혼에는 사랑과 자비가 없기 때문이다.

사랑과 자비는 나와 남 사이의 경계가 무너져 하나가 될 때 발현된다. 이웃을 향한 온화한 눈길과 손길에 의해서만 자아의 터널을 가볍게 나올 수 있는 것이다.

몸과 영혼의 존재를 다 내주면서 아무것도 바라지 않는 삶, 이렇게 사는 사람을 진정한 자유인이라 말할 수 있다.

자신의 등뼈에
의지하라

수행자는 앉는 자세가 일반 사람들과 다르다. 구부정한 허리 자세로 앉아 있는 수행자는 보지 못했을 것이다.

허리를 바짝 펴면 정신이 청정해진다. 허리가 삐딱하면 정신도 흐려진다. 남의 흉을 많이 보는 사람은 대개 허리가 틀어져 있다. 허리를 바짝 펴면 남 흉볼 여력이 없다. 눈이 저절로 코끝으로 다가오기 때문이다. 자기 허물만 살피는 것이지 남의 허물은 보이지 않는다.

사람은 누구에게도 기대지 말고 오로지 자신의 등뼈에 의지해야 한다. 자기 자신 혹은 진리에 의지해야 한다. 어느 것에도 기대지 않는 청정한 마음이 바로 자기이며 바로 부처이다.

지붕이 성글면
_____ 비가 샌다

나는 어린 시절 시골 마을에 살았다. 그 당시에는 초가집이 대부분이었고 어쩌다 한두 집이 기와집이었다. 당시 매년 가을 추수가 끝나면 초가집 지붕은 새 볏짚으로 새롭게 단장을 했다. 지붕 아래에서 볏짚을 던져주면 지붕 위에 자리 잡은 촌로들이 볏짚을 받아 정성껏 이었다. 볏집은 기와나 양철과 달리 눈, 비, 바람에 취약하기에 몇 번씩 확인해가면서 꼼꼼히 지붕을 잇는 모습이 인상적이었다. 우리 마음도 빈틈을 메우지 않으면 구멍이 숭숭 뚫리게 마련이다. 작은 구멍이 큰 둑을 무너지게 하듯, 마음에 틈이 생기면 수많은 번뇌가 비집고 들어온다.

그래서 마음을 잘 단속해야 그릇된 번뇌가 들어오지 않고, 맑고 청량한 마음을 유지할 수 있다.『법구경』의 말씀이다.

지붕을 성글게 이으면 비가 새듯이
마음을 단속하지 않으면
번뇌가 스며들고 만다.

내 삶의
_____ 동반자

산다는 것은 어떤 의미에서 죽는다는 것을 의미한다. 일반적으로 죽음은 저 멀리 존재한다고 생각하지만, 숨 한번 다시 돌아오지 않으면 그것이 바로 내생이고 죽음이다. 그러므로 죽음은 가장 가까이 있는 도반이다. 오늘이든 내일이든 언제든지 우리를 덮칠 수 있다.

자신만을 위해 별짓을 다 해가며 살아온 뭇 중생들도 죽음의 그림자 앞에선 참회와 반성을 하지만, 죽음은 인정사정없이 무심히 지날 뿐이다. 자신과 함께할 동반자는 돈이나 지위, 명예, 우월감, 지식이 아니다. 평소의 습관이나 생각, 행동 그리고 삶의 흔적인 업(業)뿐이다

백년 세월이 문틈으로 스쳐가는 번쩍이는 햇빛과 같은데, 어찌 능히 인간 세상에 오래도록 머물 수 있겠는가? 마땅히 이만큼 젊고 이만큼 건강할 때 모름지기 정진해야 한다. 죽음에 이르면 스스로 한가하지 못할 것이다.

"직선의 삶을 곡선의 삶으로 바꾸면서 사는 것도 의미가 있

다. 내가 암에 걸려 생사의 촌각을 이렇게 다투다 보니 많은 사유를 했다. 삶 속에 죽음이 있는 것이 아니라, 죽음 속에 삶이 있더라."

청풍납자로 여법하게 살아오시다, 어느 날 갑자기 대장암 말기 진단을 받고 세상을 떠난 정화 선사께서 마지막 삶을 정리하며 남긴 말씀이다. 그렇다. 삶 속에 죽음이 찾아온다면 매일매일이 공포로 다가온다. 그런데 죽음 속에 삶이 있다고 생각하면 매일매일의 삶이 신비롭고 순간순간이 기적으로 펼쳐질 것이다.

순대집에서
_____ 노승을 만나면

강원을 졸업하고 율원에서 율을 전공하는 젊은 율사가 있었다. 이 율사가 대구 서문시장에 볼 일이 있어 나갔는데, 순대집에서 노승이 순대와 막걸리를 드시고 있었다.

율사는 화가 나서 노스님에게 소리를 크게 질렀다.

"아니 승복을 입고 어찌 이럴 수 있습니까?"

노스님은 옷맵시를 단정히 가다듬으면서 천천히 일어나 합장하고 고개를 숙였다.

나를 고집하고 세우면 많은 문제와 갈등이 생긴다. 나에 대한 상과 아집을 내려놓으면 삶이 훨씬 수월하고 자유로워진다.

젊은 율사스님은 햇불을 들어 옮고 그름을 가려내려고 했지만, 노스님은 자신을 비우고 예의와 질서를 수용했다. 옳고 그름을 내세우는 것은 수행의 목적이 아니다. 나마저 비움으로써 어떤 사람이나 어떤 상황도 수용할 수 있어야 한다.

만약 내가 그 노스님을 마주쳤다면, 순대와 막걸리 값을 치르고 노스님께 용돈을 드렸을 것이다.

보살님의
하소연

한 보살님이 찾아와서 하소연을 한다. 결혼해서 40년간 남편을 뒷바라지하고 먹여 살렸는데, 자신이 거동도 못하고 아프니 남편이 나 몰라라 외면하고 있다는 것이다.

그런데 그것은 당연한 이치이다. 왜냐하면 이 남편은 평생을 받고만 살았지 누구를 위해서 베풀고 살지 않았기 때문이다. 받고 사는 것이 습관으로 굳어진 것이다. 받는 습관이 몸에 젖어, 주는 행위가 낯설고 어색하며 할 줄도 모른다.

자식도 마찬가지다. 평생 부모가 먹이고 가르쳐서 집도 사주고 결혼시켜 주었으니 이젠 알아서 살겠지 생각했는데, 천만의 말씀이다. 자식은 받는 데만 익숙해져 더 주기만을 학수고대하고 있다.

그래서 부모에게 감사하고 배우자에게 감사하는 연습과 경험이 필요하다. 습관이 되어 있지 않으면, 아무리 돈이 넘쳐도 죽을 때까지 베풀 줄 모른다.

수행도 마찬가지다. 경전을 보고 절하고 참선하는 것도 습관과 연습이다. 나 같은 경우 20년 넘게 매일 새벽 500배를 했는데, 발가락에 병이 나서 두 달 가까이 쉬었더니 금세 습관이 되어 마음 내기가 쉽지 않다.

이처럼 삶과 수행은 버릇이며 습관이다. 좋은 습관이 아름다운 삶을 탄생시킨다.

마음의
─────── 정토

오늘, 음력 2월 15일은 부처님의 4대 명절인 열반재일이다. 대개 불교 집안에서는 음력 2월 8일인 출가재일부터 열반재일까지는 수행기간으로 정해서 특별히 철야정진을 하곤 했었다.

『열반경』에는 "발심과 정각 가운데 발심이 더 어렵다"고 했으며, 『화엄경』에서도 "초발심시변정각(初發心時便正覺)"이라 했다. 처음 진정한 발심이 곧 바른 깨달음을 이룬다는 것이다. 세간을 떠나서 법계로 들어가는 출삼계(出三界), 즉 진실한 발심을 한 심출가(心出家)가 그만큼 어렵다는 이야기이다.

20여 년 전 서울강단에서 무비 대강백을 모시고 특강을 들은 적이 있다. 무비 강백께서는 "중노릇 결코 쉽지 않다"시며, 고운 최치원 선생이 해인사 홍류동 농산정에서 지은 시를 소개했다. 당신께서는 출가 후, 이 시를 수백 번 읽으면서 마음을 다잡았다고 회고하였다.

스님이시여, 청산이 좋다고 말하지 마세요.
산이 좋다고 하시면서 왜 다시 산 밖으로 나가십니까?
먼 훗날 내 종적을 한번 살펴보시오.
한번 청산에 들어가서는 다시는 나가지 않으리라.

『대승기신론』에 '훈습(薰習)'이란 말이 있다. 연기를 오래 쬐면 몸에 배여 향기가 난다. 즉 진여(眞如)를 오래 훈습하다보면 무명(無明)이 진여가 된다는 말이다. 마음의 훈습이 되지 않으면 정토(淨土)는 다시는 오지 않는다. 마음의 혁명이 오지 않으면, 마음이 쉬지 않으면 극락정토는 요원할 뿐이다.

불법을 옹호하고
_____ 불자를 보호하는 신중

전국 제방의 사찰들은 정초가 되면, 대부분 정월 초사흘부터 '정초신중기도'를 올린다. 우리 보문사 보문선원도 전 대중이 사시마지에 동참하여, 신중기도에 동참하신 신도분들의 축원문을 일일이 읽어주고 있다.

대개 정초신중기도는 하루 4번 사분정근(四分精勤)을 원칙으로 진행된다. 보문선원의 경우 새벽기도는 내가 직접 목탁을 잡고 있으며, 나머지 기도는 묵연 선사가 하루 3번을 정성과 지성을 다해 신명을 던지고 있다.

내가 정초신중기도를 처음 만난 곳은 80년대 초 해인사 시절이다. 그때 해인사 신중기도는 여법하고 장엄했다. 300여전 대중이 현당에 모여 큰소리로 고성염불(高聲念佛)을 했으며, 그 기세는 가야산이 떠나갈 정도였다. 특히 강원의 학인스님들과 선원의 젊은 선사들은 흡사 내기를 하듯 온몸을 던져 고성염불을 목놓아 불렀다. 그때의 추억과 기억이 아직도 귓전에 생생하다.

그 후 나는 오랜 수좌 시절 속에서 정초신중기도를 놓고 살았는데, 보문사 소임을 맡게 되어 매년 정초 때면 직접 목탁을 잡고 신중기도를 참 열심히 해오고 있다.

정초신중기도의 백미는 '화엄성중 정근'과 '화엄경 약찬게 독송'이다. 화엄경 약찬게 독송은 한번 시작하면 대개는 21독을 원칙으로 했고, 신도분들에게도 의무적으로 신중기도 동안 무조건 108독 독송을 숙제로 내며 매년 기도를 해오고 있다. 그래서 보문사 보문선원의 오랜 신도분들은 대부분 화엄경 약찬게를 달달 외우고 있다.

화엄경 약찬게는 80권 화엄경에서 용수보살이 770자로 간략하게 정리한 게송이다. 그 짧은 게송 속에 화엄경의 진리가 오롯이 드러난다고 해서 초하루기도에도 단골 메뉴로 등장하고 있다.

신중(神衆)은 신의 무리를 말하며 신장(神將)은 신의 우두머리를 일컬어 말한다. 우리가 신중기도를 행할 때는 '나무 일백사위 상주호법 화엄성중'으로 정근하고 있다. 신중들은 부처님께 귀의하여 불법을 옹호하고, 불자님들을 늘 보호하고 번창게 해준다.

옛부터 정초신중기도를 잘하면 일 년 내내 다리를 뻗고 잠잘 수 있다 했으며, 특히 대학입시, 사업성취, 속득쾌차 등 소원을 빨리 성취하고자 하는 분들은 신중기도를 지성으로 하고 있다. 그렇지만 우리 불자님들은 복 짓는 것도 중요하지만 '복혜쌍

수(福慧雙手)'가 되어야 한다. 복은 언젠가는 다하면 타락하지만, 지혜를 닦아야 필경에는 성불의 인연을 짓는다. 그리하여 그 공덕으로 생사를 해탈하여 윤회를 끊을 수 있게 된다.

내일이면 정초신중기도가 회향된다. 아무쪼록 이 인연공덕으로 모두가 이고득락(離苦得樂)하시기를 축원드리는 바이다.

그대의 행이 바르고
중도의 길을 걷고 있다면
그대가 바로 부처님이다.

종은 크게 때려야
소리가 멀리 나간다.
삶도 많이 아파야
울림과 내공이 깊어진다.

자신감이
바닥을 칠 때

이 세상에는 부족한 사람은 없고, 모두가 완벽한 사람이다. 단지
저마다 각자 다른 개성을 지니고 있을 뿐이다.

그 개성에 따라 주변에 사람이 모이고 떠나기도 한다. 현재
의 인연과 상황이 차이를 형성하는 것이지, 그 차이가 곧 가치는
아니다.

나의 진정한 가치는 누군가의 존경을 받고 발생하는 것이
아니다. 내가 진정으로 나를 사랑하고 존경할 때 비로소 생긴다.

그러므로 내가 나를 진심으로 대접할 때, 나의 가치도 생성
되는 것이다.

부처님께서 이 땅에 나투신 이유도 바로 그와 같다.

중생이 본래 부처이고, 본래 구원되었다고 알려주기 위해
오신 것이다.

지금 이대로가 극락이요, 진리의 세계이다.

우리는 본래가 부처요, 본래가 구원되어 있다.

아직도 당신은 부족한 사람이라고 생각하는가?

당신은 본래 완벽한 부처이다.

새가 나무에 앉을 때 나뭇가지가 부러질까 두려워하지 않는다. 새는 오직 자신의 날개를 믿을 뿐이다.

자신감이 사라지고 바닥을 칠 때, 내 자신이 본래 부처임을 믿어보라. 본래 부처임을 분명히 믿을 때, 그 믿음이 지혜와 덕성으로 출현할 것이다.

재색명리

한국 사람들이 가장 부러워하는 팔자가 재벌 팔자다. 재벌의 오너나 재벌가의 가족이 되는 것을 다들 선망한다. 자본주의가 발전하기 전인 조선시대에도 인간의 욕망 순서는 돈이 제일이었다고 한다. 재색명리(財色名利), 돈과 색욕, 명예욕의 순서이다. 돈이 색보다 앞에 있었다는 사실을 주목해야 한다.

그러나 돈이 많으면 팔자가 세며 삶에 항상 비바람이 분다. 모든 사람들이 가지고 싶어하는 돈을, 유달리 많이 가지고 있다는 것은 수많은 화근을 초래한다. 모두가 돈을 가지고자 달려들며, 때로는 색풍이 몰아친다.

재벌을 만나는 사람은 모두가 돈을 바란다. 그래서 재벌들은 사람들을 만날 때 끊임없이 의심하고 경계한다. 통이 크고 대가 셌던 현대가 정주영 회장의 자서전을 읽어보면, '늘 돈이 부족했다'는 말이 있다. 만나는 사람마다 모두가 돈을 요구했으며 더주기를 바랬다.

돈을 유지하고 관리하다 보면 반드시 배신을 겪는다. 인간에 대한 깊은 환멸은 장기 중에서도 폐에 영향을 준다. 재벌 오너가 폐암에 잘 걸리는 것도 우연만은 아닐 것이다. 꼭 폐암이 아니라도 엘지 구본무, 한진 조양호, 삼성 이건희 회장 등도 70대 초반에 갔다. 보통 사람도 요즘 어지간하면 80세를 넘기는데 재벌 오너들은 평균수명 미달이다.

몸에 좋다는 것은 다 구해서 먹고 큰 병원에서 건강검진도 수시로 할텐데, 그럼에도 불구하고 빨리 가는 것은 보통사람보다 세파에 크게 시달리며 살았다는 반증이 아니겠는가. 큰 회사를 운영하려면 오장육부가 강철이 되어야 한다. 창업주는 대개가 강철이 되지만 3세쯤 되면 멘탈이 양철도 안 된다.

굳이 재벌이 아니더라도 우리가 오래 살고자 한다면, 참선을 습관화해야 한다. 참선을 꾸준히 오래 하다보면 몸과 마음을 적절히 조정하고 소욕지족 할 수 있게 된다. 그리고 사람과 세상을 보는 안목이 생긴다. 그러한 참선이 지혜와 행복의 바다로 인도할 것은 분명한 일이다. 참선은 깨달음의 지름길이요, 나를 행복으로 인도하는 청량제이다.

청년
──────── 붓다

디지털과 함께 태어나 성장한 우리 시대 청년들에겐 두 개의 길이 있다. '디지털 좀비(Digital Zombie, 디지털 기기에 푹 빠져 외부 세계와 절연된 사람)'와 '디지털 노마드(Digital Nomad, 디지털 장비를 휴대한 채 자유로운 공간에서 일하는 사람)'이다. 전자가 탐진치에 중독되는 길이라면, 후자는 그 늪에서 벗어나 세계 전체와 공명하는 자유의 길이다. 정처 없이 방황하는 이들에게도 붓다는 최고의 멘토이다.

욕망에서 자유로, 허무에서 생명으로 가는 비전을 붓다는 제시한다. 출가를 꼭 하지 않아도 불교 공부를 할 수 있는 시대가 도래했다. 온 사방이 경전이고 선방이다. 유튜브의 지성과 법문은 공짜다. 누구나 어디서나 깨달음을 향해 정진할 수 있다.

진리의 구현처는 산사도 토굴도 아닌 매일매일의 일상이다. 자기가 선 그 자리가 바로 구도의 현장이다. 다만 마음의 방향과 구조를 바꿔 집중하면 된다. 일상의 습관 패턴을 바꾸면서 화두에 집중하면 된다.

우리 시대 청년들은 붓다를 좋아한다. 붓다는 청춘이다. 출가와 고행 그리고 성도와 초전법륜은 청년 붓다의 산물이다. 그의 다르마[dharma, 법(法)]는 언제나 청춘이다. 인류의 지성과 깨달음에 이토록 유연하고 여법하고 역동적인 진리의 파동은 일찍이 없었다.

청년들은 붓다를 잘 모른다. 그럼에도 "무소의 뿔처럼 혼자서 가라"는 말에 격하게 반응한다. "오직 날개의 무게로만 나는 새처럼 가라"는 말에 심쿵한다. 하지만 중요한 건 바야흐로 붓다와 청년들의 접속이 시작되었다는 사실이다. 21세기 청년이 붓다를 만나면, 2,600년 전 룸비니 동산에서 그랬던 것처럼 붓다는 이렇게 말할 것이다.

"와서 보라! 그리고 질문하라!"

날마다
일어나는 기적

인생은
커피보다 중요하다

나는 일상생활에선 대개 급하게 행동하지만, 상황에 따라 느긋해질 때가 있다.

예를 들면 책을 보거나 뜨거운 커피를 마실 때는 급한 마음에 빨리 보고 후다닥 마셔버린다. 그러나 무문관에서 정진할 때나 방송할 때는 답답할 정도로 천천히 느리게 한다.

빠르고 급하게 하다 보면 위험과 사고가 따른다. 서두르다 보면 내 삶에 무언가가 내 곁을 떠날 것 같은 초조함도 느끼게 된다. 그래서 인생은 '빠르게'가 아닌 '천천히'가 필요하다.

우리 인생은 커피보다 훨씬 더 중요하고 절실하기 때문이다.

절
_____ 도깨비

어떤 사람이 알코올에 중독되어 가정을 파탄시키고 죽음에 이르렀다. 그에게는 두 아들이 있었다. 세월이 흘러 형은 아버지처럼 술꾼이 되었고, 동생은 알코올 중독자를 치료하는 의사가 되었다.

사람이 돌을 던지면, 어리석은 개는 돌을 쫓아가고 영리한 사자는 사람을 문다. 똑같은 상황이라도 어떤 이는 모방하고, 어떤 이는 극복하여 창조한다.

똑같은 물이라도 소가 마시면 우유가 되고 뱀이 마시면 독이 된다. 똑같은 법문을 들어도 어떤 이는 발심해서 부처가 되지만, 평생을 절에 다니면서도 발심하지 않고 공부하지 않으면 절 도깨비가 되어 이간질만 한다.

그때는 틀렸고 ─────── 지금은 맞다

삶의 어느 시점에서 점검해보면, '그때는 틀렸고 지금은 맞다'라고 생각될 때가 많다. 혹은 그 반대인 경우도 비일비재하다. 자신의 판단에 언제든지 오류가 발생할 수 있다는 것이다. 어찌 보면 삶은 배우고 고치면서 능력이 향상되고 성숙해진다.

추사 김정희 선생이 제주도로 유배 가다가 해남 대흥사에 들렀다. 이광사가 쓴 법당 현판의 글씨를 보고 형편없는 글씨라고 평하며, 즉석에서 자신의 휘호로 '대웅보전'이라고 써서 바꿔 달게 했다.

그 후 세월이 흘러 유배를 마치고 상경하던 중 다시 대흥사에 발걸음했을 때, 자신의 현판을 내리고 이광사의 글씨를 다시 걸도록 했다. 그때서야 천하명필을 알아보지 못한 자신의 교만과 안목을 깊이 반성하게 된 것이다. 이 일을 계기로 추사는 자기 작품을 세 차례 수거해서 불태웠다는 기록이 있다.

어떤 누구도 언제나 완벽한 판단을 할 수가 없다. 살다 보면 심사숙고 끝에 한 판단이 잘못되었거나 틀리기가 허다하다. 또 한 순간의 결정이 운명을 바꾸기도 하지만, 악수가 되어 평생을 후회하면서 살기도 한다

어제의 정답이 오늘은 아닐 수 있다. 또한 오늘은 틀렸지만 내일은 맞을 수 있는 게 삶이요 인생이다. 누구나 잘못하고 실수할 수 있다. 중요한 사실은 다시 인정하고 고치는 것이다. 괜한 고집과 아만으로 자신의 판단과 안목에 묶여 있다면, 존재하지도 않는 토끼뿔을 보려고 기다리는 꼴이다.

늙은 고목에서
_____ 새롭게 피어나는 꽃

한 인간으로서 가정적 책무와 사회적인 역할을 했으면, 이젠 자기 자신을 위해 자기가 좋아하는 것을 하면서 남은 여생을 보내야 한다.

어차피 인간사란 앞서거니 뒤서거니 하면서 홀로 남게 마련이다. 올 때도 갈 때도 홀로 오고 홀로 간다. 이것이 엄연한 삶의 길이고 덧없는 인생사이다. 인생의 황혼기는 늙은 고목에서 새롭게 피어나는 꽃이 되어야 한다.

나이든 황혼기에도 비우고 익히면서 탐구하지 않으면 삶에 녹이 슨다. 깨어 있고자 노력하는 인생은 삶의 종착역에서도 흔들리지 않고, 당당하게 다음 생도 받아들이면서 살 것이다.

디오게네스는 이제 나이 들었으니 쉬라는 제자들의 권고에 이렇게 답했다.

"경기장에서 달리기를 하는데, 결승점이 가까워졌다고 멈추어야만 하는가?"

끽휴시복

고전에 '끽휴시복(喫虧是福)'이라는 말이 있다. '손해 보는 것이 오히려 복이 된다'는 말이다. '지는 것이 이기는 것'과도 상통한다.

청나라 때 벼슬을 지낸 화가 정섭이란 사람이 있는데, 어느 날 친척으로부터 편지가 왔다. 담장 문제로 이웃과 시비가 붙어 도움을 청하는 내용이었다. 이에 정섭이 답장을 보냈다.

"무얼 이기려고 하느냐? 지금 손해 보고 지는 것 같아도, 시간이 지나면 누가 이익될지 아느냐? 설사 이익이 되지 않아도, 누군가에게 도움을 주었기에 복이 될 것이다."

이것이 끽휴시복이다. 달이 찼다는 것은 기울 때가 된 것이고, 달이 기울었다는 것은 찰 때가 다가온다는 말이다. 언제 상황이 변할지 모르는 게 인생길이다. 돌고 도는 것이 인생이니, 비우고 보면 남는 것도 밑지는 것도 없다. 삶의 그래프는 늘 오고 간다.

우리 모두 사느라, 살아내느라, 오늘 지금 여기까지 오느라 수고했다. 부디 가장 청정한 순간이 아직 도착하지 않았기를 축원하고 발원해본다.

모든 인연이 다 오래가야
좋다고 할 수는 없다.
어떤 인연은 짧은 게 좋고
좋은 도반이나 선지식은 오래갈수록
나를 맑고 향기롭게 한다.

좋은 인연이 짧아지거나
나쁜 인연이 길게 간다면
반드시 나를 오랫동안 돌아보아야 한다.
나에게 나쁜 기운이 있지 않나
반드시 살피고 살펴야 한다.

거절할 줄 아는
──────── 용기

살아가면서 상대방의 부탁이나 청탁을 거절하는 일은 쉽지 않다. 특히 평소 인연이 지중한 사람의 간곡한 부탁을 거절하는 것은 더욱 어렵다.

우리는 인생길에서 생각지도 않은 부탁을 들어주느라, 낭패를 보고 가정이 무너지는 현장을 누누이 보았다. 때론 상대방의 부탁을 수용하여 관계가 더욱 돈독해지기도 하지만, 그 부탁 때문에 나 자신만을 위한 온전한 시간과 기회가 현저히 줄어들 수 있다는 사실도 꼭 명심해야 한다. 지나친 허용은 스스로를 힘들게 하는 경우가 반드시 찾아온다.

특히 남들에게 착한 사람으로 보이기 위해, 또는 미움받지 않고 사랑과 관심을 받고 싶다고 정말 중요한 나를 놓거나 잃어서는 절대 안 된다. 누군가 나를 싫어하고 미워한다고 해서 세상과 내가 변하는 건 없다. 그건 그 사람 생각일 뿐 삶에 영향을 주지 못한다. 거절할 줄 아는 용기가 어쩌면 우리의 삶을 온전히 유지하고 지탱할 수 있는 길이다.

여기서 말하는 부탁과 청탁은 부정적인 요인이 있을 때를 말한다. 거절이 꼭 필요한 순간들을 기억해서 실천하고 산다면, 벅찬 인간관계에서 지금보다 훨씬 자유롭고 행복해질 것이다.

관계와
_____ 인연

인간관계는 정리하고 유지하는 것이 결코 쉽지 않다. 관계를 정리하고 나서 속 시원하고 편할 때도 있지만, 후회하고 아파하는 사람들도 의외로 많다. 잘 맞지 않는 사람을 계속해서 정리하다 보면, 지금 만날 인연이 다해 쓸쓸하고 허전하면서 외로워진다.

나는 인간관계에 문제가 생기면, 해명하고 설명하기보다는 시간을 두고 기다리는 편이다. 그러다 보면 만날 인연은 다시 조우하게 되고, 인연이 다한 만남은 가을 낙엽이 되어 떠나간다. 그런데 나를 즐겁고 설레게 한 인연이 속절없이 떨어져나갈 때도 있다. 그때는 비록 마음이 아프고 힘들지만, 그 인연들이 먼 훗날 비가 되고 구름이 되어 새롭게 찾아오기도 한다.

주변에 인연들이 많아도 좋지만 다소 적어도 괜찮다. 인연이 많으면 내 여유 시간이 적어 할 일을 다 못하지만, 인연이 적으면 적은 대로 내 시간을 실컷 활용할 수 있다. 그러나 가끔은 외롭고 쓸쓸함은 숨길 수 없다.

결국 인간관계는 내 생각과 행위가 결정한다. 내 삶이 이타

(利他)와 보살의 삶을 실천하고 있다면 주변에 많은 꽃이 피고 새가 우는 봄날이겠지만, 자리(自利)의 삶을 고집하고 있다면 눈보라 몰아치는 어둡고 힘든 겨울밤이 될 것이다.

성공의
_____ 비결

삶에서 기록은 필요하다. 성공은 성장의 모음이고 삶의 축적에서 피어난다. 그렇다면 어떻게 성장할 것인가?

우선 매일매일 자신의 삶을 기록하는 습관을 들여야 한다. 그리고 때때로 그 기록을 읽고 자신의 삶을 반조해보면, 당시 보이지 않던 허물들이 드러나게 된다. 문제가 보였기에 해결책도 눈앞에 드러난다. 그래서 기록만 꾸준히 해도 저절로 성장과 성공이 함께 한다.

누구의 도움도 필요 없는 간단한 삶의 기록을 대부분 못하고 산다. 우리는 성장도 못하면서 성공을 꿈꾸는 어리석은 사람은 아닌지 되돌아볼 일이다. 그 간단한 삶의 기록, 바로 매일매일 쓰는 일기가 아니던가!

비워내는
_____ 습관

마음에 많이 담는다고 해서 마음이 넉넉해지는 것은 아니다. 아무리 담고 채운다 해도 마음은 한없이 풍족해지지 않는다. 그저 비워내는 것이 담고 채우는 것보다 편할 때가 많다.

봄의 파릇함을 담아두고 싶다고 여름이 오지 않는 것도 아니며, 가을의 낙엽 떨어진 낭만을 한없이 즐기고 싶다고 가슴 시린 하얀 겨울이 오지 않는 것도 아니다.

그저 오는 대로 담지 말고 흘려보내면 된다. 사랑만을 담아두고 싶다고 이별의 아픔을 피할 수 없으며, 낭만의 추억만 안고 싶다고 눈물의 기억을 지울 수 있는 것도 아니다.

그저 바람이 부는 대로 물 흘러가는 대로 담아두지 말고 고이 보내주어야 한다.

하룻밤을
_____ 푹 자고 난 뒤

살다 보면 풀리지 않는 고민과 문제들을 시간이 해결해 줄 때가
많다. 우리가 살고 죽는 일도 그 시간 속에 있기 때문이다. 시간
의 관념에서 벗어나 시곗바늘에 의존하지 않으면, 순간순간을
보다 여유롭고 보람 있게 보낼 수 있다.

풍진 세상을 살아오면서 시간의 깨달음을 얻게 된다. 때론
인간의 지혜로 해결할 수 없는 일들을 시간이 정리해주기도 한
다. 어떤 어려움에 부딪힐 때면, 너무 급히 서두르지 말고 천천히
기다려보자. 한 고비가 지나면 안팎의 상황이 달라져, 의외로 손
쉽게 문제가 해결되는 경우도 많다.

해결하기 어려운 문제는 우선 하룻밤을 푹 자고 난 뒤 생각
해보라. 아침에 맑은 정신으로 화두 참구하듯 집중하다 보면, 불
쑥 지혜로운 답이 다가온다. 아름다운 삶은 시간을 넘어 만날 수
있다.

나이가
든다는 것

나이 들어가는 것에 대한 감정도 사람마다 천차만별이다. 누구는 나이 들어가는 일이 정말 슬픈 일이라고 말하고, 또 다른 이는 아름답고 편하다고 한다. 그런데 막상 내가 나이가 들어보니 슬픔도 아름다움도 아닌 그냥저냥 하루하루 살아갈 뿐이다.

나이가 들면 기억력은 쇠퇴하지만, 연륜으로 인해 삶을 살아가는 지혜는 풍성해지는 것 같다. 삶에 대한 노하우라기보다는 단지 삶에 익숙해질 뿐이다. 그간 말도 안 되는 부조리와 비리를 수없이 보고 들으며 살다 보니 내성이 생겼다고나 할까, 삶의 파도와 횡포에 좀 덜 놀라며 살 뿐이다.

또한 이웃들의 삶이 더 가까이 다가오고, 작고 보잘것없는 것들이 더 애처롭고 안쓰럽게 느껴진다. 그악스럽게 붙들고 있던 것들이 조금씩 놓아지는지, 서서히 마음이 선해지는 느낌을 받으며 산다.

결국 이 사바세계를 지탱하는 힘은 인간의 열정도 패기도 아닌, 인간의 선한 사랑이라는 생각이 든다. 만약 나 자신과 남을 생각하는 선한 사랑이 없다면, 그런 세상은 금방이라도 싸움터 가 되어 무너질지도 모르겠다.

진짜
_____ 고수

세상을 등지고 초야에 묻혀 숨어 사는 사람을 은자(隱者)라고 한다. 속세의 권력에서는 멀리 떨어져 있지만, 자신의 소신과 품격 있는 삶의 방식을 놓지 않고 당당하게 살아가는 은자의 모습은 의연하고 푸르게 다가온다.

『장자』에서는 이런 은자를 '방외지사(方外之士)'라고 정의한다. 속세를 벗어난 곳에서 세상을 조소하듯 내려다보며 살아가는 사람들의 이야기는 문학작품과 역사책에 자주 등장하는 소재이다.

그런데 역설적으로 진정한 은자는 초야에 숨는 것이 아니라 오히려 가장 세속적인 곳에서 사는 사람이라고 한다. 다시 말해 산속이나 초야에 떨어져 사는 사람은 작은 은자이고, 치열한 경쟁 현장에서 자신의 방식대로 뚝심 있게 사는 사람이 거물급 은자인 것이다.

물리적으로 몸을 숨기는 것이 아니라, 도심 속 속물들과 소통하면서도 자신을 지킬 줄 아는 사람이 진정한 은자이다. 저 산골 초야에 묻혀 세속에 물들지 않고 살아가는 사람도 은자이지만, 속세에 살면서도 때 묻지 않고 자신을 지키며 영혼이 청정한 사람이 진짜 고수 은자가 아닌가 싶다.

황금과
주먹밥

중국 송나라 시절 한 산골 사람이 밭에서 옥을 발견하여, 밤에 재상인 자한을 은밀히 찾아가 뇌물로 옥을 선물했다. 그러자 자한이 옥을 거절하면서 말했다.

"나는 옥을 탐하지 않는 것을 보물로 삼고, 당신은 옥을 보물로 삼고 있네. 만약 내가 옥을 보물로 받는다면, 우리는 둘 다 소중한 보물을 잃게 되네. 그러하니 옥을 썩 가지고 빨리 물러가게."

사람마다 각자가 처한 상황이나 인생관, 안목에 따라 보물로 삼는 것이 다르다. 만약 배고픈 아이에게 천 냥의 황금과 맛있는 주먹밥을 보여주고 고르라고 한다면, 어김없이 주먹밥을 선택할 것이다. 이처럼 사람들은 각자 보물로 여기는 것이 다르다.

높은 지위에 있는 사람들이 뇌물의 유혹에 쉽게 넘어가는 것은 명예보다 재물을 더 탐하기 때문이다. 우리는 무엇을 보물로 삼으며 살아야 할지, 깊이 생각해보게 된다.

다른 사람의 삶을
쉽사리 재단하지 말라.
그 삶 뒤에 피어나는
보살의 원력과 보이지 않는 선행을
어찌 알 수 있겠는가?

우리의 안목과
지혜는 단지 업의 소산이다.

인생길에서 다가오는
생로병사와 삼재팔난을
삶의 과정으로 지켜보고 안아주면
그 또한 지나간다.

날마다
일어나는 기적

"지금 걸을 수만 있다면, 더 큰 소원을 바라지 않겠습니다."

지금 누군가는 어디에서 이처럼 간절하게 발원하고 있을 것이다.

"지금 들을 수만 있다면, 더 큰 소원을 바라지 않겠습니다."

지금 누군가는 어디에서 이처럼 간절하게 발원하고 있을 것이다.

"지금 볼 수만 있다면, 더 큰 소원을 바라지 않겠습니다."

지금 누군가는 어디에서 이처럼 간절하게 발원하고 있을 것이다.

"지금 더 살 수 있다면, 더 큰 소원을 바라지 않겠습니다."

지금 누군가는 어디에서 이처럼 간절하게 발원하고 있을 것이다.

지금 나는 놀랍게도 누군가의 간절한 발원을 다 이루었다. 지금 누군가가 그렇게 원하는 기적이 내게는 날마다 일어나고 있다.

세상의 법칙

세상의 법칙 중 하나가 '작용과 반작용'이다. 작용이 있으면 반드시 반작용이 뒤따른다. 『주역(周易)』에 '흡벽(翕闢)'이란 말이 있다. '음흡양벽(陰翕陽闢)'의 준말인데, 음은 닫히고 양은 열려서 이 음양의 조화로 말미암아 우주의 만물이 생성된다는 역리(易理)이다.

열고 닫음, 밀고 당기는 것들이 서로 상관관계 속에서 이뤄지는 것이다. 세상을 살아가면서 높은 곳만 쳐다보지 말고 낮은 곳도 살펴보면, 삶이 좀 부드럽고 여유가 생긴다.

어두운 곳에 있어 본 사람만이 눈부신 햇살의 고마움을 안다. 오랜 침묵과 묵언 속에 말의 부질함을 크게 깨닫게 된다.

부모와
자식
_____

자식의 실패를 두려워하지 말아야 한다. 실패는 삶을 소모하는 것이 아니라, 인생을 야무지고 단단하게 만들어가는 원동력이 될 수 있기 때문이다.

자식의 실패하고 힘들어하는 모습을 지켜보며 마음 편한 부모가 세상 어디에 있겠는가. 그렇지만 부모가 자식의 모든 실패를 가로막고 책임지다 보면, 자식에게 실패를 딛고 다시 일어날 기회와 희망을 앗아가는 것이다. 실패를 거울삼아 다시 일어날 힘과 방법이 영원히 사라질 수도 있다.

자식은 분명히 언젠가는 홀로 서야 한다. 그리고 삶에서 실패는 언젠가는 온다. 그러므로 그 실패를 홀로 견딜 힘을 길러야 한다. 그러려면 부모가 먼저 자식의 실패를 묵묵히 지켜보는 내공이 있어야 한다.

부모의 역할은 단지 자식을 끝까지 응원하는 존재가 있음을 알게 해주면 된다. 그것만으로도 충분히 족하다.

사랑과
_____ 사람

사람은 사랑에 상처를 받기도 하지만 사람에게 위로를 받기도 한다. 그래서 우리는 수많은 속앓이를 경험했음에도 불구하고 누군가와의 만남을 계속해서 이어간다. 이번만큼은 아니기를, 이번만큼은 다르기를, 이번만큼은 정말 마지막이길 하면서 말이다.

사랑에 울기도 하지만 사람에 웃기도 한다. 알다가도 모르는 게 사랑이지만, 그 모름으로 인해 알게 되는 것이 사람이다. 사랑과 사람의 결은 늘 이렇게 이어져 있는 것 같다.

당신은 충분히
_____ 완벽하다

타인의 생각을 끊임없이 쫓아가다 보면 나의 사유가 위축받는다. 그 상태가 지속되면 생각의 유연성이 멈추고 창조의 인연이 점점 사라져간다.

요즘 너무 많은 지식과 정보가 흘러넘친다. 그러한 정보가 기회와 지혜를 충만하게 제공해줄 것 같지만, 오히려 혼란스러움만 부추긴다. 이런 혼란과 혼돈 속에서는 오히려 내 안에 정답이 있다.

지금까지 보고 듣고 배우고 익혔던 모든 인식과 업을 내려놓고, 내면의 울림에서 맑고 청량한 나를 만나야 한다.

우리는 충분히 알고 있고, 충분히 준비된 사람이며, 충분히 완벽한 사람이다.

중국의 유마거사로 불리며 양무제를 불교에 귀의시킨 부(傅) 대사는 '자신이 곧 부처'임을 깨우치기 위해 다음과 같은 게송을 남겼다.

밤마다 부처와 같이 자고
아침이면 부처와 함께 일어난다.
참으로 부처 있는 곳 알고 싶은가?
말하고 움직이는 그곳을 살펴라.

극과
극의 사람

깨달음으로 통하는 길에는 언제나 사람이 있다. 다른 사람과 공유하고 공감하는 습관과 안목을 기르다 보면, 감각과 재능을 키울 수 있다.

생각과 영혼에 공감대가 없으면 인간관계가 불투명하고 진실되지 않는다. 많은 사람을 만나고 인연이 많아도 늘 외롭게 느껴지는 것은 내 마음의 문을 닫고 세상과 타인을 밀어내기 때문이다. 소통은 상대가 내 말을 듣고 이해하는 것이 아니라, 내가 상대의 말을 잘 듣고 이해해주는 것이다. 그렇기 때문에 남을 만날 때는 봄바람처럼 부드럽게 대하고 자기 자신에게는 늦가을 서릿발처럼 엄격해야 한다.

가끔은 광적인 모임도 만들고 기질이 남다른 사람과도 아울려봐야 한다. 외향적인 사람은 자신과 정반대인 내향적인 사람과도 어울리고 친구가 되어야 한다.

그러다 보면 힘쓰고 애쓰지 않아도 중도의 안목을 얻을 수 있다. 다른 사람의 말과 행동을 수용할 수 있는 능력은 수승한 아량이다. 세상이 아름다운 것은 서로 다른 상반된 것들이 조화를 이루고 있기 때문이다. 조화와 어울림, 이것이 중도이다.

또한 물리적인 조화는 도덕적 어울림으로 이어진다. 친구나 동료를 선택할 때 이 점을 명심하고 이해해야 한다. 극과 극의 사람을 경험할수록 중도를 이해하고 중도의 삶을 실천할 수 있다. 오늘은 춥고 흐리기 때문에 내일은 맑고 따뜻해질 것이다.

할미꽃처럼
──── 살라

사람은 두 부류로 나뉜다. 진짜 삶을 사는 사람과 가짜 인생을 사는 사람이다.

죽으면 끝이라고 생각하는 사람이 후자에 속한다. 그런 사람은 자신만을 위해 잘 먹고 잘 살기 위해 별짓을 다해가며 살아간다. 그러나 실제로는 그런 사람이 더욱 고독하고 고민과 번뇌가 더 많다. 그런 부류는 내면을 감추기 위해 항상 떠벌리고 자신을 드러내지만, 금세 한계에 부딪치고 만다.

반면에 진짜 삶을 추구하는 사람은 자신의 내면에서 맑은 영혼을 찾는다. 늘 하심하면서 주변에 청량한 기운을 전하고 단지 존재하고 있음에 감사의 마음을 갖는다.

옛사람들은 할미꽃처럼 살라고 했다. 낮은 천장 방에서 목을 뻣뻣이 들고 다니면 필경 다칠 수밖에 없다는 경고의 메시지이다.

인생길에서 원인 없이 불어오는 역풍은 드물다. 모두가 내 생각과 언행에서 출발하여 내 얼굴과 가슴으로 더 큰바람이 되어 스며든다. 참회하고 반성하는 어제와 오늘의 순간들이 없다면, 그 역풍을 넘어 걸어가는 나의 내일은 없을 것이다. 독일의 소설가 장 파울은 말했다.

인생은 한 권의 책과 같다.
어리석은 사람일수록 책장을
아무렇게나 넘기지만
현명한 사람은 책을 공들여 읽는다.

그 이유는
한 번뿐인 인생처럼
그 책을 두 번 읽을 기회가
드물다는 것을 잘 알기 때문이다.

불편한
사람

어디에 가든 매사 불편하고 곧잘 부딪치는 사람이 하나씩은 끼어 있다. 그런데 자세히 관찰하고 살펴보면, 그는 평소 자기 습관대로 살고 있음이 드러난다. 그는 일부러 나를 힘들고 화나게 하려는 의도가 전혀 없다. 단지 내가 내 식대로 생각하고 받아들여, 화와 짜증을 내며 불편하게 여기는 것이다.

내가 가진 습관과 행동을 바꾸려 하지 않고, 다른 사람의 습관과 행동을 바꾸고 고칠 수는 없다. 다른 삶과 습관을 인정하면, 짜증의 횟수도 현저히 줄어들고 마음도 한결 편안해진다.

옛 고전에서는 인간관계를 원만하게 유지하기 위한 효과적인 방법으로 '구이경지(久而敬之)'를 제시한다. 즉 오랜 시간이 지나도 서로 공경하는 자세를 잃지 않는다는 뜻이다.

설악산 백담사 무금선원의 영진 스님은 평소 내가 존경하는 분이다. 영진 스님의 가장 큰 장점은 주변 사람들과 원만한 관계를 오랫동안 유지하는 것인데, 그 기본은 늘 모든 사람을 공경하고 산다는 사실이다.

세상을 산다는 것은 결국 인간관계을 맺고 유지하는 일이다. 그러므로 세상을 올바르게 살아가는 비결은 서로를 공경하며 배려하는 마음과 행동이다. 그렇게 살다 보면 주변에 좋은 사람들이 모이고 향기로운 연꽃이 늘 피어나게 된다.

이럴까 저럴까
———— 고민될 때

어떤 일을 두고 이럴까 저럴까 오랫동안 고민하고 망설인다면, 어떤 쪽으로 결론을 내도 괜찮다. 쉽게 결론이 나오지 않는다는 것은 어떤 쪽으로 결정 나도 이익과 손해가 거의 없고 비슷하기 때문이다. 그러므로 그렇게 오래 고민할 가치가 없다.

깊게 고민한다고 좋은 결론이 나오는 것도 아니고, 바로 당장 결정한다고 나쁜 결론이 나오는 것도 아니다. 우리가 주저하고 망설이는 것은 손해 보지 않고 이익만 얻으려는 욕심과 번뇌 때문이다.

어떤 선택을 한다 해도 이익과 손해는 늘 공존한다. 선택이 중요한 것이 아니라 책임이 두렵기 때문이다. 결론은 책임 때문에 망설여지는 것이다.

지나친 몰입과 감정적 집착은 시야를 좁히고 판단을 흐리게 해, 잘못된 결정을 초래하기 십상이다. 대개는 평정심을 잃은 상태에서 내리는 결정은 훗날 대부분 후회하고 실패하고 실망으로 다가온다. 그래서 성공하는 사람들의 습관 중 하나가 바로 명상 즉 선 수련으로 마음의 평정을 되찾는 것이다.

　선 수행을 하다 보면, 외부의 칭찬과 비판, 사고와 위기에 그다지 흔들리지 않고 평정심을 유지하면서, 상황에 따라 현명하게 대처하는 지혜가 생긴다. 그러므로 불필요한 생각과 감정에 휘말리지 않고 하루하루를 음미하며 살아가게 된다.

당연하다고 생각하는 순간,
세상의 그 아무것도 고맙지 않다.
아무리 많은 것을 소유하고 누리고
운영할 수 있는 힘이 있다 해도,
고마움이 없는 인생은
행복이 없는 삶이다.

지금 내가 누리는 것들에
고마움을 절실히 느낄 때,
그때 비로소 진정한 행복이 찾아든다.

행복의
기술

이미 일어난 상황은 바꿀 수 없다. 하지만 그 상황에서 어떻게 생각하고 어떤 방향으로 나아갈지는 내가 결정할 수 있다. 아무리 나쁜 상황이더라도 변화의 전환점으로 여기면, 아무렇지 않게 좋은 방향으로 상황이 나아진다.

우리 주변에 일어나는 일들은 본래부터 행복과 불행의 모습으로 다가오는 것이 아니다. 다시 말해 행복과 불행은 실체가 없다. 다만 받아들이는 인연 따라 그 모습이 달라질 수 있다. 설령 남들이 불행이라 하더라도, 그 가르침을 삶에서 배울 수 있다면 그것은 더 이상 불행이 아니다.

남을 부러워하는 데 시간을 보내고, 내가 머무는 곳이 아닌 다른 세상에서 행복을 찾으려 한다면 평화와 행복은 요원한 길이다. 스스로에게 감사드리며 만족하면서, 내가 서 있는 지금 이 자리에서 새가 울고 꽃을 피울 때 행복한 봄날이 걸어온다. 행복한 사람은 늘 현재를 산다. 회한에 젖을 과거가 없으며 근심 걱정의 미래가 없기에 인생 전체가 현재화되어 있다.

산창 너머 국사봉 바람소리가 오늘따라 산새소리와 잘 어울리며 다가온다. 인생 전부를 행복으로 다 채울 수는 없어도, 이 순간만은 좋은 인연들과 행복을 나누고 싶다.

남이 잘되기를
바라는 마음

세상을 살아가면서 진정으로 남이 잘되기를 바라는 마음을 갖기는 쉽지 않다. 이기심이 많고 적음을 떠나 사람들은 먼저 자기를 생각하는 이기적 동물이기 때문이다. 이런 이기심을 뒤로하고 남이 잘되기를 바란다는 것은 사랑과 자비가 충만해야 한다. 자비와 사랑은 이타심에서 나온다. 나와 다른 사람을 둘로 보지 않는 불이(不二) 사상이다.

프랑스의 사상가 아나톨은 "세상의 참다운 행복은 남에게 받는 것이 아니라, 내가 남에게 주는 것이다"라고 말했다. 남에게 준다는 것은 그것이 물질이든 정신이든 인간에게 있어 가장 아름다운 행동이기 때문이다.

만약 자신이 행복하고 싶다면 남이 잘되기를 축복하라. 충만한 행복을 선물로 받을 것이다. 부처님께서는 나와 남을 둘로 보지 않고 항상 하나로 보았다. 이것이 자리이타의 삶이고 중도불이(中道不二) 사상이다.

결론부터
─────── 말하는 시대

IT(정보기술)가 급속도로 발전하면서, 글과 말을 다른 사람에게 전달하는 수단이 참 많아지고 간편해졌다. 그동안 책, 신문, 편지 등에 글을 담아 다른 사람에게 전달하였지만, 지금은 카톡, 밴드, 페이스북 등에 직접 글을 올려 전달한다.

종이가 아닌 인터넷을 활용해, 휴대폰 화면으로 언제 어디서나 편하게 볼 수 있다. 말도 그렇다. 라디오와 티브이를 유튜브가 대신하고 있다. 그리하여 1인 방송시대가 도래하였다.

요즘처럼 바쁘고 정보가 넘치는 시대에는 글이 짧고 간단해야 한다. 글이 길어지면 읽지 않는다. 그래서 단문으로 써야 하며, 단문의 특징은 관계대명사, 접속사, 수식어가 적은 문장이다. '무엇은 무엇이다'로 끝나야 한다. 부연 설명이나 여러 번 토를 단 문장은 줄이고, 각주를 필요로 하는 문장은 생략해야 한다.

이러한 짧은 글을 쓰려면 생각이 단순히 정리되어야 압축이 가능하다. 참기름 짜듯이 글을 압축하려면 지성과 사유, 판단력이 필요하다. 때로는 독재적인 독단도 필요하며, 정의와 개념을 규정할 때는 과감하게 정리하는 결단력도 절실하다. 어떤 현상을 칼로 두부 자르듯 정의한다는 것은 부분적인 왜곡도 수반된다. 필자는 이걸 감내하고 감수해야 한다.

그러나 인간 내면의 감성과 서정을 다루는 글은 좀 길어야한다. 짧은 글과 문장으로는 인간 내면의 서정과 감성의 흐름을 다 담기가 쉽지 않다.

유튜브 시청자는 지루하면 바로 채널을 돌려버린다. 유튜브 시청자는 이미 많은 정보와 지식을 공유하고 있다고 전제해야한다. 서론과 본론도 필요 없이 곧바로 결론부터 말하면 더 세련된 방식이다. 그런 유튜브가 시청자를 끌어당긴다.

정보기술 시대에는 짧은 글과 결론부터 말하는 두괄식 화법이 대두되고 있음을 빠르게 인식해야 한다.

진실한
자유인

아무리 경전과 조사어록을 많이 보고 외울지라도 이를 실천하지 않는 사람은 남의 돈만 세는 사람이다. 차라리 경전과 어록을 조금만 읽고 외울지라도, 진실로 가슴속에 받아 실천해야 한다. 그러면 탐진치 삼독에서 벗어나 바른 안목과 지혜로 해탈을 얻어, 어디에도 매이지 않는 진실한 자유인이 될 수 있다.

항상 배우고 익히고 탐구하여 깨달음을 얻었더라도, 그 깨달음이 세상을 위해 실천되지 않는다면 그 깨달음은 반쪽짜리다. 정교하고 아름다운 종도 마찬가지이다. 누군가 때려야 소리가 난다.

누군가 제아무리 능력이 수승하다 해도, 말로만 해서는 능력을 알 수 없다. 일을 시켜보아야 능력이 가늠할 수 있다. 또한 능력을 제대로 발휘하려면 반드시 함께 일할 사람이 꼭 필요하다.

삼성의 고 이건희 회장은 "한 사람의 핵심 인재가 10만 명을 먹여살린다"고 했다. 하지만 아무리 수승한 인재도 혼자서는 아무것도 이룰 수 없다. 핵심 인재가 먹여 살린다는 10만 명의 도움이 반드시 있어야 한다.

아름다운 종소리도 종을 두들기는 사람이 필요하고, 박수소리도 두 손이 마주쳐야 한다. 세상 사는 조화이며 중도다. 홀로 피는 봄꽃이 없듯이 혼자서 울리는 종소리는 없다.

많이 공부하고 아는 능력도 좋지만, 그보다 바른 행동으로 실천하고 세상과 함께 할 수 있어야 한다.

말은
_____ 그 사람의 인품

세상을 살면서 말의 중요성을 새삼 느끼면서 지금 살고 있다. 얼마 전에 좀 알고 지내는 노거사님의 거친 말이 지금도 나를 불편하게 하고 있다.

조금은 대하기 어렵다는 성직자인 나에게도 거칠고 함부로 말을 하는데, 주변의 가족이나 가까운 인연에게는 얼마나 함부로 쉽게 대하고 말할까 생각하니 소름이 끼친다.

말은 그 사람의 인품과 인성이다. 평소에 고운 말과 부드러운 말을 익히고 쓰다 보면, 좀 화가 나고 역경계(逆境界)가 와도 막말을 자제하고 부드럽고 자비로운 말을 할 수가 있다.

옛말에 '좋은 말 한마디가 천 냥 빚을 갚는다'는 말이 있듯이 '곱고 부드러운 말 한마디는 죽어가는 사람을 극적으로 살리기도 한다'고 했다. 그래서 옛 성인들은 '어렵고 힘든 상황일수록 세 번 생각하고 말을 하라'고 했다.

특히 나이가 들수록 부드럽고 향기가 피어나는 말을 해야 한다. 어른의 막말과 거친 말은 그 삶과 인격을 의심받게 한다.

그 노거사님의 막말이 지금까지 가까운 가족과 인연들에 얼마나 큰 상처가 되었을까, 심히 걱정이 된다.

사람이 평생 배우고 기도하고 수행을 했더라도, 지금 하는 행동이 거칠고 타인에게 상처를 주고 있다면 업장이 두텁기 때문이다. 그렇다면 많이 참회하고 기도해야 된다. 기도하지 않고 참회하지 않는다면 그 업을 가지고 다시 태어나기 때문에, 거칠고 급한 인품을 벗어날 수 없다. 기도는 새로운 나를 만나는 숭고한 시간이다. 늘 깨어 있으면서 주어진 인연에 감사하고 기도하는 습관을 생활화해보자.

마침표

글이나 문장을 끝맺으려면 마침표가 필요하다. 마침표가 없는 문장은 아직 미완성된 글이다. 하지만 마침표를 찍는 순간 그 글과 문장은 끝이 난다.

마침표는 글 쓸 때 필요하지만 삶에서는 금지 부호다. 사람들은 살면서 너무 일찍 마침표를 찍는다. 작심삼일이 대표적이다. 무엇을 하든 끝장을 보려는 마음 없이, 너무도 쉽게 포기해버린다. 수행도 마찬가지다. 어떤 어려움이 밀려와도 마침표를 찍지 말고 좌복에 앉아 나를 찾아보라. 그러다 보면 새로운 나를 상봉할 수 있다.

개구리 두 마리가 우유통에 푹 빠졌다. 한 개구리는 도저히 나갈 수 없다고 판단하고 마음에 마침표를 찍었다. 그리고 또 다른 개구리는 빠져나갈 수 있다고 확신하며 쉼 없이 팔다리를 움직였다. 의식을 잃지 않으려고 최선을 다해 움직였다. 순간 발에 딱딱한 물체가 닿았고, 그것을 밟고 우유통을 빠져나왔다. 그 딱

딱한 물체는 치즈였다.

　개구리가 쉼 없이 팔다리를 움직이다 보니 우유가 치즈로 변한 것이다. 마침표를 찍지 않음으로 생사의 고비를 넘길 수 있었다. 기다림과 인내를 도반 삼아 쉽게 포기하지 않는다면, 마침표가 쉼표로 변하여 아름다운 인연으로 이어진다.

당신은 이미 완벽한 사람입니다

ⓒ 지범, 2024

2024년 5월 14일 초판 1쇄 발행

지은이 지범
발행인 박상근(至弘) • 편집인 류지호 • 편집이사 양동민
편집 김재호, 양민호, 김소영, 최호승, 하다해, 정유리 • 디자인 쿠담디자인
제작 김명환 • 마케팅 김대현, 김선주, 이선호 • 관리 윤정안
콘텐츠국 유권준, 정승채, 김희준
펴낸 곳 불광출판사 (03169) 서울시 종로구 사직로10길 17 인왕빌딩 301호
　　　　대표전화 02) 420-3200 편집부 02) 420-3300 팩시밀리 02) 420-3400
　　　　출판등록 제300-2009-130호(1979. 10. 10.)

ISBN 979-11-93454-93-0 (03810)

값 17,000원

잘못된 책은 구입하신 서점에서 바꾸어 드립니다.
독자의 의견을 기다립니다. www.bulkwang.co.kr
불광출판사는 (주)불광미디어의 단행본 브랜드입니다.